Wolf Zissler

Einmal hin und nie zurück

IN ANDALUSIEN HÄNGEN GEBLIEBEN

Über den Autor

Wolf Zissler wurde geboren in Wien 1944, im Juni, ist somit als Sternzeichen ein Zwilling. Er studierte Diplomkaufmann auf der Hochschule für Welthandel, kam dann durch ein Zeitungsinserat an die Costa del Sol und wurde Animateur in einem Ferienclub, damals ein neuer Berufszweig. Er trat in den Jahren in vielen Hotels auf, auch in Fuerteventura, Mallorca und auf einem Kreuzfahrtschiff von Neckermann.

Zwischendurch bereiste er die halbe Welt, vieles per Anhalter, aber auch mit Wohnmobil: Südamerika, Afrika, Kanada, Neuseeland, Malediven und letztlich auch Europa. Seine Leidenschaft blieb das Reiten und die Pferde. Er kaufte sich eine kleine Ranch in Andalusien, baute sie aus als Feriendomizil. Er lebt heute noch dort, gesund und munter, mit seiner Frau Esther.

Er ist sozusagen

in ANDALUSIEN hängen geblieben.

Wolf Zissler

Einmal hin und nie zurück

IN ANDALUSIEN HÄNGEN GEBLIEBEN

Bibliografische Information der Deutschen Nationalbibliothek:
Die Deutsche Nationalbibliothek verzeichnet diese Publikation in der Deutschen Nationalbibliografie;
detaillierte bibliografische Daten sind im Internet über http://dnb.dnb.de abrufbar.

© 2015 Wolf Zissler

Lektorat: Dr. Gabriele Hefele
Fotos: Wolf und Esther Zissler
www.rancholoslobos.com

Herstellung und Verlag:
BoD – Books on Demand, Norderstedt
ISBN: 978-3-734-761676

Inhalt

WIEN - STUDIUM

WIEN ...war mir immer schon zu eng. Überhaupt, ist ja eine Stadt, eine Großstadt. Und ich lebe viel lieber auf dem Land, einem Bauernhof, das wär's gewesen. Mit Tieren, Kühen, Pferden, Schafen. „Na ja, so was kann man nur erben", hat mein Vater gesagt, und der war Finanzbeamter. Ein sehr guter sogar, war der jüngste Gruppenleiter, oh ja, hart, gerecht und unbestechlich! Wenn ich da nur an den schönen Schinken denke, den wir von einem lieben „Kollegen" zu Weihnachten bekommen haben. Herrlich, endlich wieder Fleisch essen! „Bist du wahnsinnig, den Schinken anzunehmen, den bringst du morgen sofort wieder zurück!" - „Ja Vati."

Er war auch ein Genie mit Zahlen. Er hat sich eine meterlange Bilanz angeschaut, und irgendwo, mittendrin blieb sein Blick hängen: „Hier stimmt was nicht"! Und er hat recht gehabt. Das hat ihn eigentlich nicht sehr beliebt gemacht. ´Der hat immer recht...´

Tja, so ein bisschen kaufmännische Ader hab´ ich schon von Papa geerbt. Man hat mich des öfteren gefragt: „Bua, was willst du einmal werden?" - "Alles, nur kein Finanzbeamter", klingt nicht sonderlich schmeichelhaft für Vati, aber er hat mich verstanden: „In welche Schule stecken wir dich? Willst du Arzt oder Priester werden?"- „Nein!" - „Na, dann brauchst du auch kein Latein lernen. Punkt. Lerne Sprachen, da kannst immer was damit anfangen!" Und recht hat er gehabt!

Mit 14 war ich schon das erste Mal in England, als „paying guest", also so eine Art Au-pair, nur dass ich noch bezahlen musste. Aber das war gut so, nur so lernt man die Sprachen. Von früh morgens bis spät abends nur Englisch sprechen – very good! Very good war ich auch in der Schule. So ein Aufenthalt wirkt echt Wunder. Ich war immer bei den besten dabei. Nachdem das so gut in Englisch geklappt hat, haben wir dasselbe für Französisch gemacht. Klar, den Jean-Michel hatte ich in England kennengelernt.

Ich war Au-pair in der wunderschönen Bretagne. Dort wohnte die Familie in einem riesigen Haus, mit einem Fluss vor der Tür. Quimperlé hieß der Ort. Dort durfte ich dann viele Sommermonate verbringen, einen Hühnerstall bauen, einen Hundezwinger oder einen Pferdestall basteln. Ich konnte dort meine handwerklichen Fähigkeiten unter Beweis stellen. Ach ja, später dann habe ich auch meine Diplomarbeit in Französisch geschrieben – ich war damals der erste und einzige, der bei Dr. Peter auf der Wiener Welthandel eine solche „Thèse" (Diplomarbeit) abgegeben habe. Da war ich schon ein bisschen stolz auf mich, und Spaß hat es auch gemacht.

Damit ich es nicht vergesse: Studiert habe ich auch: an der Hochschule für Welthandel, ein „Diplomkaufmann" bin ich, na toll. Die letzten dieser Zunft, denn dann kam die neue Studienordnung und da war man dann plötzlich ein „Magister" (klingt eher nach Apotheker), aber was soll's, meine Generation waren halt noch die guten, alten Diplomkaufleute. Und wenn man besonders gescheit war und wollte, konnte man noch zwei Semester dranhängen und nochmals eine Arbeit schreiben, dann wurde man Doktor. Ich habe darauf verzichtet, denn am nächsten Tag meiner bestandenen Prüfung stand ich schon wieder bei Hütteldorf an der Ausfahrtsstraße zur Autobahn, Richtung Westen, zur Bretagne.

Das habe ich schon öfters gemacht: In zwei Tagen war ich dort, am anderen Ende von Europa. Einmal schlafen unter einer Brücke, dann durch die endlosen Gänge der Metro in Paris und schon war man an der Ausfahrtsstraße bei Bois de Bolgne, dort, wo nachts die Nutten stehen, Richtung Westen. Vive la France.

Das mit dem Schlafen unter einer Brücke, das ist so eine Sache: Es war in Orleans, dort gibt es eine schöne große Brücke. Es war Abend, eigentlich schon Nacht, denn es war dunkel. Meinen Schlafsack hatte ich immer griffbereit dabei. Und die Brücke hat so schöne große Rundbögen, somit geschützt und ideal zum

Schlafen. Ich also dort hin, da lagen alte Zeitungen und Pappkartons, ideal, um sich ein gemütliches Bettchen zu bauen. Als ich da so am Umbauen war, fing plötzlich dieser Zeitungsstapel an sich zu bewegen und zu brummen. So etwas Ähnliches wie: „Kann man nicht in Ruhe schlafen?" (französisch natürlich). - „Oh pardon, Monsieur", sagte ich und verdrückte mich in eine andere Ecke. Mit den überall gegenwärtigen Clochards hatte ich natürlich nicht gerechnet. Kalt war die Nacht, ich musste praktisch auf dem nackten Beton schlafen, weil mein „Kollege" den besseren Platz hatte.

Per Anhalter durch Europa

Aber das war ja noch ziemlich friedlich, wenn ich da an Marseille und den Hafen denke...

Ich wollte mit dem Schiff nach Korsika, aber als Autostopper kann man halt nicht so genau nach Fahrplan ankommen, und ich verpasste das Schiff. Was tun? Ich schlenderte so zwischen den Eisenbahnwaggons, die über Nacht abgestellt waren, hin und her, sehe einen Waggon offen, mit Stroh darin. Richtig schönes Stroh zum Schlafen und Reinkuscheln. Ist ja fast wie eine Luxusherberge! Blöd nur, dass das Ding plötzlich zu fahren begann. Die haben da die Güterwaggons zu verschieben begonnen. Muss das denn mitten in der Nacht sein? Ich konnte gerade noch rausspringen, sonst wäre ich vielleicht in Paris gelandet?

Tja, die Autostopperzeit war schon schön, man lernte viele Leute kennen, damals gab's noch keine Probleme von wegen ausrauben, überfallen werden etcetera. Ein Satz, der mir immer in Erinnerung bleiben wird - es war in Kehl: Ich stand schon stundenlang an der Brücke, niemand hielt an, es wurde dunkel, es wurde sehr dunkel. Ich wollte in die nahe Jugendherberge. Den Ausweis hatte ich mit, nur keine gültige Jahresmarke – also zurück auf die Brücke. Und da bleibt doch tatsächlich ein großes Auto stehen. Der gute Mann spricht Englisch, also ein Ami, der dort stationiert war. Er wollte nur ein paar Häuser weiterfahren, in seine Wohnung, er wohnte allein. Er lud mich ein, diese Nacht bei ihm auf der Couch zu verbringen. Ein paar Spiegeleier gab's oben drauf. Und jetzt kommt's, der Satz: „I trust you, you trust me, okay?"- „YES OK!" Ja, so sollte es immer sein.

Ich habe dann, im Laufe der nächsten Jahre versucht, etwas zurückzugeben. Anhalter mitzunehmen, oder jemanden einzuladen, ganz spontan. In Wien beobachtete ich einmal vier Girls, die irgendwie ratlos auf den Stadtplan schauten und nicht recht wussten wie's weitergeht. Ich war mit meinem Moped unterwegs und habe die Situation sofort gecheckt. Aha, die suchen was zum Schlafen: „Hey girls, Ihr fahrt jetzt mit der Linie 8 und ich fahre mit dem Moped hinterher, ich habe eine kleine eigene Wohnung, Ihr könnt bei mir schlafen, am Boden, aber besser als nichts." - „Oh *yes, wonderful, thank you very much!*"

Meine Wohnung war im selben Stockwerk wie die Wohnung meiner Eltern, nur eine Wohnung dazwischen. Toilette, Duschen, essen, alles im elterlichen Heim.

Das Gesicht meiner Mutter hättet ihr sehen müssen: Da liegt der Sohn in seinem Bett und rundherum vier Girls, und alle schlafen friedlich nebeneinander.

Am nächsten Abend gab's natürlich eine Party beim Dandy, so heißt mein Spezi, und der hat ein großes Haus, ohne Eltern drin, und die anderen Kumpels waren natürlich auch da. Wo gibt's das schon: Frauen in Hülle und Fülle! Früher war das mit den Mädchen nicht so einfach, die mussten meist abends um 10 Uhr zu Hause sein, ach ja.

Dieses Problem hat sich später total neutralisiert: als Animateur im Holiday Club.

WIE BIST DU EIGENTLICH NACH SPANIEN GEKOMMEN?

Eine tausendfach gestellte Frage. Und die Antwort: ach, das ist ein abendfüllendes Programm.

Na schön, dann fangen wir an. Der Ur-Ursprung beginnt in Abtenau, einem schönen Skiort im Salzburger Land. Dort war ich in den Semesterferien Schilehrer für belgische Schneeklassen. So nannte sich das. Meine Französischkenntnisse waren damals schon von großem Nutzen. Die armen Belgier haben ja keine Berge, also kamen sie zu uns: normaler Schulunterricht am Vormittag, nachmittags Schikurs oder umgekehrt. Ich habe noch nie so unbeholfene Kinder auf Schiern erlebt wie damals. Aber lustig war's, wir hatten uns alle lieb, Stockbetten, Gutenachtküsschen, Hüttenabende mit Sketches, Singen, Sackhüpfen, Kissenschlacht und so weiter. Was man halt so macht auf einem Schikurs in der „Hütt'n". Damals war noch nix mit Disco, Fernsehen und ähnlichem, da musste man sich selber unterhalten, und das war schön – und die Basis von meinem späteren Berufsleben als Animateur. Aber davon später.

Ach ja, Berufsleben, was sollte oder wollte ich werden? Das Studium war fertig und ich Diplomkaufmann! Aber sollte ich mich denn jetzt schon in irgendein Büro setzen und versuchen, reich zu werden? Nein, dazu habe ich noch Zeit, zumal ja damals die Situation eine ganz andere war. Man stelle sich vor: Die Firmen und Unternehmen schrieben uns junge Studenten, die noch nicht einmal die letzte Staatsprüfung hinter sich hatten, persönlich an und umwarben uns mit lukrativen Angeboten, mit gutem Geld, Aufstiegschancen ohne Ende. Ach, die können ruhig noch ein Jahr warten! Ein Büro läuft nicht davon.

Wie es das Schicksal eben so will, bekomme ich eine belgische Zeitung in die Finger und schlage den Anzeigenteil auf. Gesucht: Animateure, Tennislehrer, Reitlehrer für einen Ferienclub, dem belgischen „Holiday Club". Diese Clubidee war damals auch ziemlich neu, es gab den französischen Club Mediterranée, und sonst noch nichts, außer eben diesem kleinen Pendant Holiday Club mit Sitz in Brüssel. Mit Ferienclubs auf Mallorca, Marokko und an der Costa del Sol.

Ich schrieb also sofort nach Brüssel und bewarb mich als Reitlehrer. Reiten, meine große Leidenschaft, bin aber kein staatlich geprüfter Supermann, aber zum Ausritte anführen, Pferde putzen und in der Sonne leben, dafür reicht es sicher.

Keine drei Tage später kam ein Telegramm aus Belgien: Sofort kommen zum Vorstellungsgespräch! Na klar, rein in den Zug und: Holiday Club - here I come.

Der Chef dort war ein Franzose und Chef-Animateur in dem Club an der Costa del Sol bei Estepona. Hauptberuf: „schön und sexy" (wahrscheinlich war der „bi", ist auch egal) aber Deutsch konnte er nicht und brauchte somit einen Assistenten, der beides kann, tja und der war ich. Ich wurde sofort eingestellt, aber nicht als Reitlehrer sondern als Animateur, genauer gesagt „Hilfsanimateur", aid-animateur.

Ah ja, Animateur? Was muss man denn da machen? Diesen Beruf gibt es noch nicht so lange. Wie kann man das übersetzen? Unterhalter? Conferencier? Pausenkasperl?

Animieren? Das kannte man nur von den „Animierdamen", Tischtelefon, bisschen auf den Schenkel klopfen, oder so ähnlich, na das kann ich auch, das mach´ ich! Ob ich zeichnen kann? - Ja freilich kann ich das auch ein bisschen, habe ich von meiner Mutter geerbt. Wie überhaupt die „künstlerische und poetische Ader". Die ist jetzt noch, mit 92 Jahren, künstlerisch tätig und bastelt Tischdekorationen und ähnliches für die Saunarunde und jetzt im Altenpflegeheim. Ich bewundere sie! Aber weiter zum Club. Spiele am Strand organisieren? Klar, kein Thema: Da kommen wieder meine Hüttenabende als Schilehrer ins Spiel. Man muss nur die Spielchen dementsprechend umbauen und „bühnen-

beziehungsweise strandreif" machen. Das Allerwichtigste aber sind die Sprachkenntnisse: Deutsch (auch wenn es mit Wiener Akzent verbunden ist), Englisch und Französisch, später kam dann noch Spanisch dazu – und das bitteschön fließend! Etwas Flams/Holländisch, wenigstens zum „Guten Abend" sagen", so als Sahnehäubchen oben drüber, und jeder ist happy und versteht alles.

Das war mein „Kapital": steuerfrei mit vielen Zinsen! Sprachen! Danke Vati, dass du mir das Erlernen der Sprachen ermöglicht hast.

Es war der 1. April 1971 als ich das Flugzeug Richtung Málaga bestieg, mein kleines Spanischbüchlein zückte und anfing, Spanisch zu lernen: *yo soy, tu eres, buenos dias, mañana.* Letzteres wohl eines der wichtigsten Worte in Spanien und heißt „morgen", wobei hier nicht unbedingt der nächste Tag gemeint ist, sondern irgendein Tag in der näheren Zukunft. Diese Tatsache ist am Anfang einer Spanienkarriere doch etwas sehr nervenaufreibend, aber man gewöhnt sich schnell daran, bis man selber so wird.

Dazu kommt erschwerend, dass Andalusien, so schön das Land auch ist, nicht unbedingt geeignet ist, um Spanisch zu lernen. Das ist so ähnlich, als ob jemand Deutsch lernen möchte und in Bayern oder in Österreich landet. Die Andalusier tun sich anscheinend schwer mit dem S: Estepona ist Etepona. Und was ist EVI PRELI? Na klar, der King: Elvis Presley. So einfach ist das Andalusische, aber immer noch besser als „Katalan" lernen müssen. Damit kommt man ja überhaupt nicht weiter auf der Welt, außer eben in Katalonien und Mallorca.

Ich landete somit in Andalusien. Eviva! Endlich nur noch Sonnenschein. Ja, denkste! Es war der verregnetste Sommer aller Zeiten. Bis Mitte Juni hatte es fast täglich irgendwie geregnet. Keine 10 Minuten am Strand und schon musste man wieder Handtuch einrollen und fluchtartig hoch in die Bar. Alles war nass, die Schuhe, die Kleidung, ich war ja auf Dauersonne eingerichtet. Wo bist du da nur gelandet! Wäre ich nur in Deutschland geblieben, hatte dort ein so schönes Angebot in einem Reitstall. Ausreiten, Springen, Dressurreiten in einer trockenen Halle...Mensch, so ein Mist! Und dann kam der Sommer. Heiß und gnadenlos brannte die Sonne vom Himmel, aber schön war's.

Und was macht ein Animateur so den ganzen lieben Tag? Er organisiert, einer muss es ja tun: „Wer kommt mit zum Volleyball? Wer spielt mit beim Frauenfußball?" Am Nachmittag gibt´s Wasserball im Pool, zu Ostern kommt der Osterhase und versteckt die Eier, und zu Weihnachten kommt der Weihnachtsmann und hat ein Kinderlied einstudiert und verteilt Geschenke.

Abends geht's erst richtig los: Bühne frei für Live-Musik, Misswahlen, Misterwahlen, Bingo, Tanzturnier undsoweiter. Der Saal oder die Terrasse kocht, jubelt, grölt, der einzige Österreicher steht auf der Bühne und dankt für den tobenden Applaus. Und Vati sitzt auch in der Menge, lehnt sich genüßlich zurück und meint: „*Das ist mein Sohn.*" Was? Wirklich? Toll, super, ach ja, ich will hier niemanden langweilen. Jedenfalls war es eine schöne und interessante Zeit.

Ende Oktober war dann Schluss. Die Saison war zu Ende und alle sind abgeflogen. Nur ich blieb übrig. Keine Gäste, keine Girls, keine Bühne, kein Wasser im Pool, nur noch tote Hose und technisches Personal, also alles Spanier. Logischerweise ist man gezwungen, den ganzen Tag Spanisch zu sprechen, und das ist gut so! Nur so kann man die Sprache lernen. Was soll ich jetzt, um diese kalte Jahreszeit, November, in Wien? In das eiskalte Österreich zurück? Der damalige Direktor, Senor Victory hatte mich in sein Herz geschlossen und mir erlaubt, im Club zu wohnen, sogar essen durfte ich, gratis. Dieses Angebot nahm ich gerne an, und ich blieb in Andalusien – bis heute. Darum sag´ ich immer: **Ich bin nicht ausgewandert – ich bin nur nie zurückgekehrt!** Das ist ein Unterschied! Ob jemand zu Hause seine Koffer packt und abhaut, oder ob einer einfach nicht mehr nach Hause kommt. Ich habe es NIE bereut!!

DIE WELT IST GROß

Als junger Mensch will man nur raus, raus in die große, weite Welt. Man will was erleben, die Welt entdecken. Man träumt von einer Ranch im Wilden Westen, vom Reiten wie die Cowboys, man träumt vom Lagerfeuer und vom Rindersteak in Argentinien, von riesigen Pferdeherden, die man zusammentreiben soll, von Hitze und Trockenheit...alles mögliche, nur nicht von einem Finanzbeamtenjob in irgendeinem langweiligen Büro in Wien.

Wo, auf der Welt gibt es die meisten Pferde? Ich hab reiten gelernt in Frankreich und Deutschland, war als „Au-pair" auf einem Bauernhof in Österreich, Reiterabzeichen in Dillenburg/Hengstgestüt gemacht usw. Ja, da will man am liebsten Tag und Nacht auf einem Pferd sitzen. Also, nochmals die Frage: *wo gibt es die meisten Pferde*? Antwort: in der Mongolei...Mist, dorthin fahr ich sicher nicht, aber wie wär's denn mit Argentinien?

Klar, super, das machen wir, also eigentlich ich ganz allein. Ich kenne aber dort keinen Menschen, wo soll ich da anfangen. Heute würde man natürlich übers Internet und soziale Netzwerke, Facebook und ähnliches sofort Kontakte knüpfen können. Zu meiner Zeit blieben nur die sogenannten Brieffreundschaften

(„Penfriends") übrig. Und wir haben uns auch geschrieben: Sie war aus Buenos Aires und lebte in einer kleinen Wohnung, am Flughafen hat sie mich abgeholt. Und ich wollte weiter, bis Feuerland! Und zurück, klar. Mein erster Fehler: Jeder hat sicher die Europakarte im Kopf, von Hamburg bis Genua, ein Klacks zum Autostoppen. Und jetzt legen wir daneben die Karte von Südamerika. Dieses längliche Gebilde, das gegen unten (Süden) immer schmäler wird, eben, Feuerland. Tja, was ich damals nicht bedacht hatte, dass der Massstab ein ganz anderer ist. Da sind 1000 Kilometer in Südamerika ein kleiner Furz auf der Landkarte! Von wegen Feuerland und durch das Landesinnere zurück! Ich schaffte es gerade mal bis Bahia Blanca. Aber bis dorthin hatte ich wunderbare Erlebnisse.

Da steh ich nun, stocksteif und kerzengerade im Schatten – im einzigen Schatten – eines Telefonmastes. Die Sonne brennt heiß, keine Wolke am Himmel und vor und hinter mir nur eine schnurgerade, staubige Straße. Immer geradeaus, dann kommt man schon irgendwann nach Feuerland. Autostoppen? Da fährt nur alle halbe Stunde ein Auto. Ah, da kommt ja schon eines. Klar, hier wird gehalten, er nimmt mich mit. Muchas gracias, leider fährt er „nur" 300 Kilometer bis zu seiner Hühnerfarm. 300 Kilometer, das ist schon die Strecke Wien-Salzburg. Unvorstellbar, in einem Rutsch so weit. Für argentinische Verhältnisse ist das gleich um die Ecke. Wir kommen ins Plaudern...

Man wird gefragt : „*Du Kommunista?*" (Weil mir damals die ersten Barthaare sprießten und ich mich nicht rasiert hatte, und da war doch damals der böse Mann mit Bart auf Kuba!) – „Nein, nein ich nix Kommunista, ich Austria!"– „Ah, Australia mit Känguru" – „Nein, nein ich AUSTRIA, die mit dem Schifahren, neben der Schweiz, die mit den Uhren" – „Ah Swissa, alles klar."

Ich werde zum Mittagessen eingeladen, ich soll doch mitkommen zu seiner Ranch, da gibt´s eine Kleinigkeit zu essen. O ja, super, mir knurrt ohnehin der Magen. Man betritt den Essraum: „Buenos dias!" Ein großer, länglicher Tisch und rundherum sitzen die Familie und Arbeiter. Man schaut mich neugierig an, wo kommst du her und wo gehst du hin, blablabla. Mein Spanisch war damals noch nicht so gut. Macht nix, da kommt auch schon das Essen. So etwas hab ich noch nie gesehen! Riesige Platten mit gegrilltem Fleisch, meist Schaf. Berge von Fleisch. Und gibt's da keine Kartoffel dazu? *Nein, wozu, du hast Fleisch.* Na schön, dann mal los. Und irgendwann wurde mir kotzübel und ich stand wieder auf der staubigen, schnurgeraden Straße. MUCHAS GRACIAS.

DEUTSCH IST BARES GELD

So stand es auf der ersten Seite des „Stern", den ich rein zufällig, schon in Wien gelesen hatte: *„Jeder, der deutsch spricht, hat das Recht auf die Ranch XX in Argentinien zu kommen und dort gratis zu wohnen, gegen Mitarbeit im Garten, Küche".*

Das ist doch genau das Richtige für mich! Dorthin fahre ich und bleibe eine Weile. Die Adresse hatte ich mir in Buenos Aires zurechtgelegt und ich „stoppte" drauf los – und kam an: Hallo, da bin ich, den Sternartikel in der Hand. Der Leiter und die Gäste kamen auf mich zu, umringten mich, berührten mich, fuhren mir durch die Haare: „Ach, wie schön, ein Stück Heimat!" Die meisten waren ausgewanderte Deutsche, die wegen der Kriegswirren oder sonstigen Problemen, vor vielen Jahren ausgewandert waren, ihre Heimat Deutschland verlassen hatten. „Erzähl uns, wie ist es in Deutschland? Ach ja..."

Und dann nahm mich der Heim-/Ranchleiter zur Seite und machte ein ganz betroffenes Gesicht. „Na so was, Du bist der erste, der aus Europa direkt zu uns gekommen ist!" Der Journalist, der diesen Artikel geschrieben hatte, war zufälliger Weise auch dort. Der kriegte sich gar nicht ein vor lauter Freude und Bewunderung...ABER- jetzt kommt's: Der Chef sagte mir:

„Das mit dem Gratiswohnen geht nicht so einfach, wie du dir das vorgestellt hast. Das ist eine Stiftung und wenn man dorthin will und wohnen will, muss man einen Antrag in irgendeinem Ministerium in Argentinien stellen. Dann wird man auf seine „Bedürftigkeit" geprüft, dann muss man vielleicht ein paar Jahre warten bis man dran kommt...." Aus der Traum!?

„Aber wir machen natürlich eine Ausnahme, für heute Nacht darfst du bei uns bleiben, auch mitessen und trinken, sei unser Gast!" Na so was, der kommt aus Europa direkt zu uns, das muss erst einmal verdaut werden.

Wir essen, klar wieder Fleisch, und trinken Mate-tee. Ein wunderbares Getränk, das man aus einem ausgehöhlten Kürbis mittels eines metallenen Strohhalm trinkt. Jeder darf einmal schlürfen, dann kommt der nächste dran. Wasser wird aufgefüllt und weiter geht's. Immer schön rund im Kreis, so lange, bis jeder genug hat. Man kann sich vorstellen, dass das zu einem abendfüllenden Ritual werden kann.

„Ach, erzähl doch mal, wie ist es in Deutschland?" Heimweh pur begegnete mir da! „Du musst unbedingt bei uns bleiben! Nein, leider darf es nicht sein, Vorschrift." Da hängt kein Pferdehalfter an der Wand, sondern eine Gitarre. Ich kann ein bisschen spielen, C-

Dur, G7 und F, das reicht für den Hausgebrauch. *„Heimatlos sind viele auf der Welt"...„mit Freud und Leid verrinnt die Zeit"...„Als er kam war er ein Fremder, er war einsam und allein, doch vom Fluss her klang es leise, einmal wirst du glücklich sein..."*....ach ja, Freddy, ein Stück Heimat.

Und da saßen sie nun alle, mit Tränen in den Augen: „Ach wie schön, bitte sing´ uns noch eins." Eigentlich bin ich total unmusikalisch, spiele aber trotzdem Gitarre, stand auch schon auf der Bühne als Animateur und rockte für Germany oder so ähnlich.

Aber jetzt weiter mit Argentinien: Ich durfte noch zwei Nächte bleiben. *„Sag mal, was willst du denn eigentlich hier machen?"* „Reiten und Pferde pflegen", war immer wieder meine Antwort. „Ja, aber hier gibt es keine Arbeit, Du solltest nach Bariloche gehen, das ist das grösste Schigebiet Argentiniens. Du sprichst drei Sprachen, bist Schilehrer, da kannst du jede Menge Geld verdienen. Solche wie dich suchen die dort drüben!"- „Nein, ich will REITEN! Jobs als Schilehrer hätte ich in Österreich auch haben können, da brauch´ ich nicht nach Argentienien gehen. Geld verdienen, brauche ich auch nicht – ich will REITEN, comprende amigo?"

Der Chef dieser Ranch hatte Mitleid mir mir. „Was könnte ich dir anbieten? Denn hier darfst du nicht bleiben, sorry. Ach da hab ich was! Ich kenne da eine deutsche Familie in XY, nicht weit weg, das sind auch Auswanderer und haben eine große Pferderanch." „Reichsmark zwei", hat sie geheißen. Na endlich, jetzt kommen wir der Sache schon näher. Eine große Ranch, viele Pferde, vielleicht eine schöne Frau zum Heiraten, und man ist am Ziel seiner Träume.

„Hallo da bin ich und ich will bei Ihnen arbeiten, Pferde pflegen, Pferde zureiten, ausreiten, trainieren und so weiter." - „ Wo wohnen?" - „Ist mir egal, da unten beim Stall, wo alle Gauchos schlafen!"

Das war mein zweiter Fehler: „Du bist ein „Weißer"! Du kannst dich nicht zu den Gauchos legen, da bist du morgen mit fünf Messerstichen tot. Die „niedrigen" Arbeiten, wie z.B. Pferde putzen ist die Arbeit der Gauchos, Du, weißer Mann, bist zum Reiten, Pferde bei Messen und Märkten präsentieren und ähnliches zuständig." - "Aber wieso denn, ich bin doch kein Rassist, ich will gleich behandelt werden wie die Einheimischen hier!" Ging nicht. Genauso erging es mir später auch in Afrika, nur war die Hautfarbe eine andere.

Und die Verkaufsshows sind erst im Herbst - ich war im Frühling dort, also, was machen bis dort hin?

Na, weiter fahren, in den Bus einsteigen und nach Brasilien fahren. Da war gerade Carnaval in Rio...

IM ARGENTINISCHEN GEFÄNGNIS

Argentinien ist groß, sehr groß. Und Buenos Aires ist auch groß und sehr quirlig, mit vielen Avenidas und Cafes und Musik überall, Menschen überall, und ich da mittendrin, ganz allein.

Wo soll ich nur die heutige Nacht verbringen? Jugendherberge? Wo zum Teufel ist die denn? Ich setze mich in ein Kaffeehaus und grüble: Wie soll's weitergehen, wohin oder zu wem kann ich gehen, ich kenne doch hier niemanden. Das mit der Brieffreundin hat sich ausgefreundet, wir passten doch nicht zusammen. Ich will ja auch nach Feuerland und reiten. Klar reiten! Aber wo, hier in der Stadt?

Da kommt plötzlich ein junger Mann auf mich zu, grüßt mich und setzt sich neben mich - ich weiß, das klingt wie ein Konsalikroman, war aber so -, wir sprechen englisch: „*Where do you come from – what's your name – where do you want to go...*", na ja, das übliche Blablabla unter Reisenden. „Ich brauche was zum Schlafen!" - „Oh, no problem, meine Mutter hat hier in der Nähe eine Tanz/oder Ballettschule. Da ist viel Platz. Klar am Fussboden, irgendwo." Super! Mein Schlafsack ist schnell ausgepackt, der Boden ist zwar ein bisschen hart, aber was soll's, man hat ein Dach über dem Kopf.

Am nächsten Tag will die gesamte Familie einen Ausflug machen, raus ins Grüne, weg von der Stadt. Dort haben sie ein kleines Grundstück mit Häuschen und Garten. Es liegt schon außerhalb der Großstadt, hier beginnt die Pampa. Ja, so muss es sein: Wald, Graslandschaft und unendliche Weiten. Man hat mich eingeladen mitzukommen, was ich sehr gerne annahm. Urwald/Steppe, so was reizt sicher jeden Jungen, eine „Expedition" zu starten, gleich hinterm Haus. Und so zogen wir los, der Sohn der Familie und ich. Es war heiß und ich hatte nur Shorts an, kein Hemd und war barfuss. Wir wollten ja nur ein bisschen ums Haus spazieren gehen...

Und da war plötzlich ein Stacheldrahtzaun, durch den wir natürlich durchgeschlüpft sind, und gingen weiter und weiter, inmitten diesen Urwald mit hohem Steppengras – schön! Sieh mal, was ist das? Aus Heu und Blättern gemacht, eine kleine ovale Kugel mit einem Loch. Ein Vogelnest! Leer, aber das nehme ich mit, als Souvenir von diesem Ausflug. Ein kleines, rundes, mehr ovales Vogelnest, das von der Größe her in meine Hand passte. Sieht irgendwie aus wie eine Handgranate. Von welchem Vogel das stammte? Keine Ahnung.

Eigentlich sollten wir wieder zurück, aber in welche

Richtung, rund um uns nur Bäume und hohes Gras? Nichts leichter wie das: Rauf auf einen Baum und Ausschau halten. Da, da steht ein Haus! Und dort standen auch plötzlich zwei Soldaten mit dem Gewehr im Anschlag: „HALT! Was macht ihr hier? Das ist Militärsperrgebiet! Mitkommen! Und was hast du da in der Hand? Eine Handgranate?" – „Nein, nein, das ist ein Vogelnest!" Damals konnte ich nur wenig Spanisch, zum Glück war mein Freund dabei.

Also mitkommen: Ein Soldat vor uns und einer hinter uns, jeweils mit dem Gewehr auf uns gerichtet. Wir müssen zum Kommandanten, der sitzt in einem kleinen Häuschen mit Telefon am Eingang des Camps. Anruf an die Hauptzentrale in Buenos Aires: „Sofort herbringen diese beiden verdächtigen Gestalten!"

Der Soldat stellt sich auf die Straße und hält den nächsten kleinen Lastwagen an, wir hinten rauf auf die Ladefläche: „Aber keine Dummheiten machen, sonst knallt's!" - „Si Señor..." Schön langsam wird uns mulmig. Nach einer Stunde Fahrt sind wir wieder in der „Zivilisation" mit Häusern, Straßen, vielen Menschen – und ich immer noch barfuss und ohne Hemd mit meinem Vogelnest in der Hand.

Und dann werden wir dem General vorgeführt, das werde ich nie vergessen: ein in Rot gehaltenes Zimmer mit Fahnen und Bildern. Der gute Mann sitzt in Uniform mit diesen bekannten Schulterfransen, überall Orden auf seiner Brust, na ja. Und wir stehen da vor ihm, praktisch nackt und er verlangt von uns: Passaport! Ha ha. „Wie soll das gehen, ich habe nur meine Shorts an, der Pass liegt zu Hause, also bei der Mutter von meinem neuen argentinischen Freund in der Tanzschule."

EIN Anruf ist gestattet: „Mama bitte komm schnell und nimm die Pässe mit, wir sitzen da im Gefängnis fest!" - „Ja ja, keine Sorge", aber Mama hat ein Tanzstudio und kann nicht einfach sofort kommen: „Zuerst muss der Kurs zu Ende gehalten werden, ich komme so bald wie möglich..." - Na schön, aber ihr Zwei bleibt mal brav hier – ab in die Zelle!"

Vier Quadratmeter groß und eine bestialisch stinkende Matratze, die am Boden lag (war sicher die Ausnüchterungszelle), aber es wurde nicht abgesperrt und wir durften uns in dem Gang frei bewegen. Wie man sich da halt bewegen kann. Die Zeit verging nur sehr langsam und so nach und nach bekamen wir Hunger. Es wurde uns langweilig. Ach ich hab´s: Schiffe versenken, das kennt jeder und ist international. Man braucht dazu nur einen Bleistift und Papier, so einfach ist das. Ich also raus in diese Soldatenschreibstube: „Por favor un papel y un lapiz" „RAUS AB IN DIE ZELLE", schrie er mich an, „das ist ein Gefängnis"! Ach so, hatte ich fast vergessen, sorry.

Also sitzen wir auf dieser schmierigen Matratze...

Und dann kam endlich Mammi mit den Pässen, der General entschuldigte sich höflichst und wir durften „freien Fußes" von dannen ziehen. Das Vogelnest hab ich immer noch.

RIO UND DER ZUCKERHUT

Da kommt er schon, der „graue Hund", der Greyhound genannt, so heißt hier die Autobusfirma, die dich überall im Land hinbringt. Durch ganz Südamerika sind sie unterwegs, auch in den USA. Nach einer unendlich langen Fahrt war ich aber schließlich dann doch da: in RIO DE JANEIRO – wie das schon klingt, man kriegt Gänsehaut. Copacabana, Favelas, Zuckerhut, Carnaval, Samba...

Genau zu dieser Jahreszeit war ich dort. Klar, mein kleiner Trick mit den Penfriends hat auch hier gestochen. War eine nette, ärmliche Familie mit vielen Kindern und Stockbetten. Mitten in Rio, in einer kleinen Seitenstraße - heiß war's, stickige Luft, man bekam kaum ein Auge zu zum Schlafen, die Fernseher von den Nachbaren brüllten durcheinander, dazu kam lautes Geschrei und Gezank, das Echo widerhallte so schön in diesem engen Lichthof. Die verschiedensten Gerüche stiegen mir in die Nase: Fisch, Fleisch, Gebratenes und Gekochtes. Ich musste hier raus! Zum Strand, da soll es ja superschöne Mädchen geben. Musik und Eisverkäufer – und ein wunderbares, lauwarmes Meerwasser. Herrlich! Nur, auf dem Weg dorthin gelangte ich in eine sogenannte Favela, ein Armenviertel. Ich da rein, mit Schlappen und flatterndem Hemd, sonst nichts.

Und das war gut so, denn später erst erfuhr ich, wie gefährlich dieser Ausflug hätte sein können. Da herrscht Armut, aber auch Kriminalität pur. Jeder, der nicht dorthin gehört, wird schon mal mit dem Messer gekitzelt, oder gleich erstochen, da schert sich keiner d´rum. Das alles hab ich erst im Nachhinein erfahren, würde ich heute sicher nicht mehr so machen. Na ja, ich hab's ja überlebt.

Ich wollte, nach meinem Stadtbummel „nach Hause", ich war müde, morgen sollte es endlich auf den Zuckerhut gehen. Irgendwo musste ich hier die Nacht verbringen.

Da ist ein kleiner Park, mit Büschen und Bäumchen. Ideal, leider waren die besten Plätze schon besetzt, wurscht, da legst du dich einfach dazu. Wenn ich mir das heute vorstelle, wie mutig ich damals war. Ich legte mich ins Gras, ein Strauch schützte mich, dann nahm ich meine Sonnenbrille von der Nase, legte sie neben mein Gesicht und schlief friedlich ein. Irgendwie entwickelt man in so einer Situation einen sechsten Sinn, Instinkt, was auch immer. Jedenfalls wurde ich wach, gerade noch rechtzeitig – dort rannte er! Der hat mir meine Brille gestohlen. Ich bin aufgesprungen und hinterher. Na warte, dich erwische ich schon – und weg war er. Runter die Stufen, rein in den langen Gang von der Straßenunterführung - weg. Es war ein Schwarzer, mit der Sonnenbrille kann er nicht viel anfangen, denn es war meine optische, getönte Brille. Er hat sie sicher gleich wieder weggeschmissen. Aber futsch ist futsch.

Am nächsten Morgen, wie herrlich: Man hört das Meer rauschen, Verkehrslärm, Sambarhythmen aus jedem Café, überall kleine Grüppchen, die tanzen und auf Trommeln einschlagen. Gitarrenklänge und viel Gesang. Es ist Karneval! Das war schön. Weniger schön war, dass man ja Eintritt bezahlen muss, wenn man auf die Tribünen will, um die Umzüge zu sehen. Das wusste ich natürlich nicht, umso mehr war ich enttäuscht. Trotzdem, diese bunte Vielfalt und das quirlige Leben ist schon unvergesslich. Man lernt auch Leute kennen, trinkt was zusammen und trennt sich wieder.

Und dann - es musste einfach sein: Rauf auf den Zuckerhut. Noch schnell mit der Seilbahn hochfahren, aus der Kabine aussteigen, bis zur Reling gehen und rundherum schauen, nur schauen und staunen. Die Gefühle sind überwältigend: Endlich steht man genau dort, wie auf unzähligen Bildern, die man gesehen hat. Man will das Glück hinausschreien, man will jemanden umarmen, ihm sein Glücksgefühl mitteilen – aber es ist keiner da, man ist ganz allein. Da wird einem plötzlich bewusst, wie wichtig es ist, Freunde zu haben. Mit irgendjemandem nur reden können, sagen können: „leiwand is do"...

MAL KURZ RÜBER NACH AFRIKA

Karneval in Rio. Sicher ein Erlebnis, aber genug ist genug, ich will „rüber" nach Südafrika, zu meinem Spezi, dem Dandy, so nannten wir ihn. Kennengelernt hatte ich ihn beim Militär (klar, ich hab mich auch 11 Monate lang in den Dreck geschmissen, für's Vaterland) und er, der Schlaumeier, ist nach Südafrika abgehauen, um dem österreichischen Militärdienst zu entfliehen.

Hat auch gut geklappt, bis zu dem Tag, an dem er sich als Maurer in seiner Heimat angemeldet hat. ´Ab mit dir, zuerst Militär, dann kannst weiter mauern in Österreich.´ Der Zufall hat uns zusammengebracht, wir waren im selben Zimmer in Mistelbach. Ein Uhrenbandl aus Leopardenfell hat er gehabt, wir nannten es immer der Dandy mit seinem Mausbandl. Aber immerhin, er war eine wichtige Größe in unserem Zimmer, denn er kannte viele Geschichten über Südafrika, wie klasse es dort sei, wie billig die Arbeitskräfte seien, wie viel Geld man da verdienen könne. „Komm doch mit, ist super dort." Soll ich nach Südafrika? Verlockend war's schon, aber ich bin nicht ausgewandert, schön eines nach dem anderen.

Mit „Verspätung" sozusagen, kam ich doch noch nach Südafrika, dem Land der Apartheid, worunter ich mir damals nicht viel vorstellen konnte. Ich hab's dann selber miterlebt... Aber wie käme ich da am besten und billigsten von Südamerika rüber? Ich wollte eigentlich mit dem Schiff nach Afrika. Das klappte aber nicht. Warum? Weil es keine oder kaum Schiffe gibt, die von einem südlichen Halbkugelkontinent in einen anderen fahren. Die meisten Schiffsrouten sind immer: Nord-Süd und nicht Ost-West! Warum? Na klar, weil es da keine Waren gibt, die man austauschen könnte: Beide Kontinente haben zum Beispiel Kaffee, Baumwolle, Kakao und dergleichen. Da muss man erst drauf kommen. Ich kam drauf!

Ich kratzte mein letztes Geld zusammen. In Südafrika verdiente ich ja sicher wieder, hat mir der Dandy vorgeschwärmt. Ich kaufte mir also ein One-way-Ticket nach Johannesburg. Wenn es dort nicht weitergehen sollte, dann schicken die mich sicher auf Staatskosten nach Wien, auch gut, Gratisflug – so dachte ich.

Ah, wie schön, wieder einmal in einem bequemen Sessel sitzen, die ewige Autostopperei in Südamerika ging mir schön langsam auf den Keks. Und Essen gab's auch noch im Flieger. Herz was willst du mehr. Am Flughafen in Johannesburg wartet dann mein Spezi auf mich und wir arbeiten ein bisschen, um das Geld für eine Safari zusammen zu bekommen. Das wird sicher ganz toll. Filme kennt man ja genug, aber jetzt echt live dabei sein - pah!

So weit die Träume, dann kam die Realität und das böse Erwachen. Die Varig landete pünktlich in Johannesburg, es wurde Abend, auch mein Freund stand draußen und winkte mir verschmitzt zu. - „Ja, ich komme gleich, freue mich schon auf unser gemeinsames Bier."

„Passport, please. Ihr Rückticket oder Weiterflugticket?" - „Habe ich nicht, ich will ja nicht nach Rio sondern Wien".

„Tja, dann müssen Sie 300 Rand bei uns hinterlegen (um illegaler Einwanderung zu entgegnen. Kommen und gleich arbeiten ist nicht erlaubt. Und wer kein Geld hat, muss zwangsläufig arbeiten oder er liegt dem Staat auf der Tasche – knallharte Bedingungen).

„Oh, ich habe kein Geld". (Dann geben die mir sicher ein Ticket nach Wien, auch gut, dachte ich und war guter Dinge).

„Wenn Sie kein Geld haben, dann müssen wir leider Ihren Pass einziehen und Sie auf Staatskosten mit der Varig, sie geht morgen um 11 Uhr, zurück nach RIO schicken, nicht nach Wien!"- „Was soll ich in Rio? Dort war ich schon."

„Sie können natürlich das Geld bis morgen früh bis 10 Uhr auftreiben und beim Zoll hinterlegen, in der Zwischenzeit sind Sie „unser Gast" im Flughafenhotel."

Das Zimmer wurde hinter mir zugesperrt, also auf deutsch: Ich saß wieder einmal im Gefängnis. Zwar ein luxeröseres als in Buenos Aires, aber ich war *eingesperrt!*

Vorher durfte ich aber noch meinen Spezi umarmen und ihn bitten, mir 300 Rand bis morgen früh zu leihen. Da fing der gute Mann an, sich ganz umständlich am Schädel zu kratzen und stotterte so was Ähnliches wie: „Leider gehen die Geschäfte zur Zeit nicht so gut, bin schon seit zwei Jahren in der Flaute." Und ich dachte, der schwimmt im Geld, lebt in Saus und Braus, mit schwarzem „Personal", irgendwo ein schönes Haus!

„Jetzt hör´ mir gut zu, Dandy: Bis morgen früh um 10 Uhr stehst du wieder hier und hast 300 Rand in der Hand, ist das klar? Wie du das machst, ist mir scheißegal, morgen **früh um 10 Uhr**. Sonst schicken die mich wieder nach Rio! Hast du das verstanden?"

Dann schlich er davon und ich musste mit meinem Koffer, aber ohne Pass, in mein komfortables Gefängnis. Das war eine Wucht: großes Zimmer, weiches Bett, große Badewanne im Bad! Da wollen wir doch gleich mal heißes Wasser einlassen.

Herrlich, nach so langer Zeit und dem „Leben auf der Straße". Ich glaube, ich war sicher eine Stunde in dem schönen, warmen Wasser. Zu essen gab es nichts, ich schlief trotzdem wie ein Baby.

Bis mich die Putzfrau weckte, die drehte den Schlüssel um und war in meinem Zimmer. „Oh pardon", und ging wieder raus – ohne abzuschliessen. Und ich ging raus, in die Flughalle: Ich war draußen, ich war in Freiheit! Wirklich, in diesem Moment hatte ich dieses Gefühl: Ich bin wieder frei! Soll ich abhauen? Nein, mein Koffer ist ja noch im Zimmer. Und da sah ich meinen Freund: Nur, er war drinnen, und ich war draußen!

Eine komische Konstellation. „Hey, Dandy, ich bin hier", brüllte ich. Und schon kam er angewackelt, breites Grinsen im Gesicht – plumps, das war der Stein von meinem Herzen.

„Komm, alter Spezi, jetzt gehen wir an Saufen!"

Schnell zum Zoll und das Geld hinterlegen, bei Abflug bekommt man ja das Geld wieder zurück. Und los ging's, AFRICA HERE WE COME.

„Woher hast du eigentlich das Geld?" Ein Schweizer Spezi hat es ihm geliehen ohne Unterschrift oder Schuldschein, man vertraut sich einfach. Die Einwanderer, noch dazu wenn sie dieselbe Sprache sprechen, in diesem Fall Deutsch, halten zusammen und treffen sich auch regelmäßig. In sogenannten Clubs, dort konnte man trinken so viel man wollte, nicht aber in öffentlichen Bars. Die hatten damals ganz blöde Gesetze, so waren zum Beispiel am Samstag/Sonntag Kinos und Bars geschlossen. Wie es heute ist, weiß ich nicht.

Leider musste man sich des öfteren wegen unserer Landsleute richtig schämen. Da erzählten sie lautstark Geschichten, wie sie wieder einmal einem Neger eins über die Rübe gezogen hatten, der habe gejault, aber lustig wär´s. Ich traute meinen Ohren nicht. Aber da war die Apartheid noch in vollem Gange, leider, ich konnte nichts dagegen tun. Dieser Spuk ist Gott sei Dank vorbei.

Ich suchte einen Job, ich musste zu Geld kommen. Auf zu einer großen Pferderanch, in der Nähe von Johannesburg. Dorthin fuhr ich mit dem Bus. Pferde putzen, ausreiten, pflegen, füttern - das alles wäre so mein sehnlichster Berufswunsch. Das suchte ich schon in Argentinien.

Ich kam an und sah einen großen Innenhof, rundherum Pferdeboxen, Schwarze, alle in schönem, lebhaften Rot bekleidet, einen Striegel in der Hand. Der Boss war weiß und Holländer: „Ich kann mit Pferden umgehen, pflegen, reiten und brauch einen Job." - „Tut mir leid, aber Pflegepersonal haben wir genug!" Für jedes Pferd ein Schwarzer mit roter Uniform und einem Striegel in der Hand.

„Aber, die kannst alle raus schmeißen, das mach´ ich allein, solche Jobs hatte ich schon in Österreich und Deutschland". Leider, es bleibt beim NEIN, „denn sonst bist du morgen tot! Diese „niedrigen Arbeiten" gehören den Schwarzen, du, als Weißer, kannst nur höhere Tätigkeiten machen." Mensch, das hatten wir doch schon! In Argentinien, bei den Gauchos.

Das sind Lebenserfahrungen, die es in Europa nicht gibt. Also, musste ich mir was anderes suchen. Zum Beispiel bei einer Versicherungsgesellschaft, der African Insurance Company, mitten in der Stadt und in einem Hochhaus. Pfui Teufel, genau das, was ich nicht wollte. Aber es gab 1 Rand pro Stunde und ich kam so zu Geld. Die Safari wartete!

Aber vorher musste ich mich noch um meine Heimreise kümmern. Ein bisschen Geld hatte ich ja ehrlich verdient bei der Versicherung, aber für den langen Flug nach Frankfurt hätte es nicht gereicht. Aber wozu hatte ich ja schließlich eine Schwester, Erika, die bei der Lufthansa Stewardess ist. 50% Ermässigung gab's damals für Verwandte, also für mich als Bruder auch. Mein Telegramm nach Wien: Brauche Flug – Hilfe - Wolf. Eine Woche später lag das Ticket im südafrikanischen Briefkasten. Danke Erika!

Dann war es endlich so weit: Dandy nahm keine Maurerarbeiten an, ich kündigte bei der Versicherung, wir mieteten uns ein Auto, um auf Safari zu gehen: Aus finanziellen Gründen schafften wir es nur zu einem Minicooper, egal, Hauptsache er fuhr und brachte uns zu den Nationalparks, die wir besuchen wollten. Ein Zelt und Decken hatten wir verstaut, dann mal los!

Staubige Straßen, viele Löcher, keine Tiere weit und breit. „Das ist doch Mist, da tut sich ja nix, komm lass´ uns da rechts abbiegen auf einen kleinen Nebenweg", Das ist eigentlich verboten, denn man sollte die Wege nicht verlassen, stand irgendwo geschrieben.

Gesagt, getan – und dann stand es plötzlich da, ein paar Meter von uns entfernt, auf einem kleinen Hügel, wunderschön anzuschauen, die Silhouette gegen den abendlichen Himmel. Das Horn war riesengroß und spitz. Der Kerl fühlte sich irgendwie gestört, denn er stand auf, kratzte mit den Vorderbeinen und schnaubte kräftig (werde ich nie vergessen). - ein NASHORN, in voller Größe. „Dandy, mach den Retourgang rein, aber schnell, und dann ganz vorsichtig, ohne viel Lärm abhauen. Nur weg von hier. Stell dir vor, der greift dich an, der spielt Ping-Pong mit dem Mini (und wir drin)." - Dandy meinte aber: „Das nützt jetzt auch nichts mehr, wenn der angreifen will, haben wir keine Chance mit oder ohne Retourgang. Ganz ruhig bleiben!" So mein Kollege und „Afrikaexperte". Uff, das war knapp.

Ich wieder nach einiger Zeit. „Hier stinkt's! Da liegt

irgendwo Aas." Das musste ich sehen und war schon aus dem Auto raus, immer dem Gestank nach. Der wurde fast unerträglich, ich ging wieder zurück zum Auto. „Na endlich bist du wieder zurück", meinte Dandy, „weißt du eigentlich, in welche Gefahr du dich begeben hast? Bei so einem Aas sind meist die Löwen und Hyänen nicht weit, und da nützt schnelles Wegrennen auch nicht viel, du Depp". - „Ja, hast recht, war nicht besonders schlau, aber ein Abenteuer war's trotzdem."

Es wurde dunkel, die Savanne begann sich zur Ruhe zu setzen, wunderschöne Stimmungsbilder zogen an uns vorbei, die Grillen hörten auf zu zirpen, nichts bewegte sich. Wir holten unser Zelt und die Decken heraus und saßen noch ein Weilchen am Boden, auf afrikanischem Boden. Sonst nichts, kein Löwe kam, der uns gefressen hätte, nichts, es war einfach nur schön.

Am nächsten Tag kam aber der Regen, ein ziemlich heftiger sogar. Da war es aus mit Im-Freien-Übernachten, es goss in Strömen. Der Mini war doch etwas eng für zwei ausgewachsene Kerle, was tun? Wir müssten in ein Hotel. In der Zwischenzeit waren wir im *Swaziland* gelandet: das ist ein kleiner, eigener Staat, wie Liechtenstein, wo es die Apartheid nicht gab. Dort ist jeder glücklich und zufrieden, ob weiß oder schwarz - die meisten schwarz -, freundlich und hilfsbereit. Wo sollten wir hin? Es goss, was der Himmel hergab. Wir fragten nach einem Hotel. Da erhielten wir einen guten Tipp: „Geht doch in die Disco, hier um die Ecke, lacht euch ein Mädchen an, die sind mit ein paar Rand zufrieden, da habt ihr was Preisgünstiges zum Schlafen und Fi...ist auch noch mit inbegriffen."

Dass in dieser Gegend der Tripper allgegenwärtig war, wussten wir zu diesem Zeitpunkt noch nicht. In Südafrika soll jeden Montag Hochbetrieb bei den Urologen sein - "Montagskrankheit" nennen sie das. Nach einem Sonntagsausflug ins Swaziland...

Wir hatten keine andere Wahl, es schüttete immer noch. Rein in den dunklen Schuppen. Man sah praktisch nur die weissen Augen, die da hin und her rollten. Und da kamen sie auch schon angeflogen, die heißen Bienen, alle pechschwarz. „A Drink?" - „Yes, you get a drink. Wo wohnst du?" Wir kamen schnell zur Sache. Ein Handzeichen gab es in eine Himmelsrichtung. „Ja, wo? In einem Appartement oder Wohnung? Zimmer hier im Dorf?" - „ No, no...lass´ dich überraschen."

Ein bisschen tanzen tat ja ganz gut, aber irgendwie waren wir neugierig, wo die Girls wirklich wohnten und wo wir selber die Nacht verbringen würden.

„Let's go". - „Okay". Alle vier stiegen wir in den Mini ein, das Girl vom Dandy war ja recht zierlich, und sogar ein Hauch von „hübsch". Meines dagegen war eher pummelig, größer und kräftiger, mit schwarzen, glatten, halblangen Haaren, eigentlich auch ganz hübsch. Was soll man machen, in der Not frisst der Teufel Fliegen! Es schüttete immer noch wie aus Eimern.

Wir fuhren raus aus dem Dorf, kamen auf eine etwas aufgeweichte, unasphaltierte Straße, mit einem Wort: nur aus Dreck und Schlamm bestehend. Es war finsterste Nacht um uns, keine Straßenbeleuchtung, kein Mond, der geschienen hätte, nur unsere Autoscheinwerfer.

Und wir fuhren und fuhren. Die Girls redeten kein Wort, wir saßen zusammengepfercht in dieser kleinen Minikiste. Keine Häuser oder irgend ein Anzeichen von menschlichem Leben, nur Urwald, der sicher sehr romantisch und wild aussah bei Tageslicht!

Es war aber stockfinster - und jetzt fiel es mir wie Schuppen von den Augen: Die Damen haben keine Wohnung oder Appartement wie wir „Weißen" sich das vorstellen und wohnen. Die wohnen in BAMBUS-HÜTTEN IM URWALD!!

Ich stieg auf die Bremse und blieb mitten auf der Straße stehen: „Wie weit ist es noch bis zu Euch?" Wir waren schon auf alles gefasst. Sprang da vielleicht gleich einer oder eine ganze Bande aus dem Gebüsch hervor mit : „Geld oder Leben!"

Was weiß ich, könnte ja sein. Nichts ist passiert. „Halt wir sind da. Das ist meine Hütte und die meiner Freundin ist praktisch gleich gegenüber, no problem", hat „mein" Girl gesagt, nimmt mich bei der Hand und will ins „Haus". - „Dandy, pass´ jetzt auf, machen wir einen Uhrenvergleich und morgen früh, um Punkt acht Uhr bist du wieder hier, an genau derselben Stelle wie jetzt, ist das klar?" So lange könnte ich mich verstecken und kämpfen, falls es notwendig wäre. Er hatte nämlich den Mini zum Weiterfahren, ich hatte nur noch meine Beine zum Laufen.

Dann gingen wir in die Hütte, dem „Liebesnest". Dunkel war es auch drinnen, eine Art Bambusbett, breit genug für zwei, sah ich gerade noch. Schön langsam wurde es ernst. Da fing mein dunkles Mädchen an, sich zu entkleiden: zuerst die Perücke vom Kopf, die schönen langen, glatten Haare waren plötzlich weg und ein negroider Krauskopf kam zum Vorschein. Ich schluckte. Bluse ausziehen und das Mieder, das den Bauch zusammenhielt, abstreifen war alles eins, flutsch, alles fiel um einen Stock tiefer. ´Nur raus hier, aber wohin,´ dachte ich, draußen schüttet es immer noch. ´Junge, du hast keine Chance, von hier weg zu kommen.´ Also legte ich mich tapfer ins Bett, und schlief bald ein, zum Glück: Es lebe die Jugend.

Sobald es hell wurde, schlich ich mich aus dem Bett

und der Hütte, meine „Liebste" schlief dabei noch fest und beanspruchte praktisch das ganze Bett für sich allein. Egal, ich war ja schon wieder draußen, in frischer Luft und mitten im Wald. Nach und nach erkannte ich die vielen Hütten, die da rundherum standen. Alle Bewohner kamen herausgekrochen, um den weißen Mann zu bestaunen. Ich stand da, mitten auf der Straße, es war halb acht Uhr, also eine halbe Stunde hatte ich noch.

Und sie kamen näher – und luden mich zum Frühstück zu sich ein. Ich betrat so eine Hütte, ein Bett in der einen Ecke, in der anderen einen Stuhl, der war für mich vorgesehen.

Was das für ein Getränk war, das sie mir gegeben hatten, weiß ich nicht, undefinierbar. Hat auch nach nichts geschmeckt, aber die nette Geste zählte ja! Also, keine Spur von Mich-umbringen-oder-ausrauben-Wollen. Alle waren supernett und freundlich, einige sprachen Englisch, wir unterhielten uns, tauschten Gedanken aus – ein unheimliches, nettes Erlebnis.

Trotzdem war ich froh, als ich den Motor von unserem Mini hörte. „Na, wie war's?" Der Dandy hat sich nur geärgert über sich selber, dass er sein schönes Kopfkissen der Dame großzügig geschenkt hatte. Jetzt musste er ohne Kissen auskommen, selber schuld, der gutmütige Depp!

Wieder zurück in der Zivilisation, in Johannesburg: Mein erster Gedanke: zuerst einmal richtig duschen. Dann in den Briefkasten schauen, ob Post da ist. Das Ticket von meiner Schwester nach Frankfurt war da! Und ein Telegramm vom Holiday Club in Spanien auch: „sofort kommen, du wirst „Chef-Animateur" im Club PLAYA DEL SOL".

Im Vorjahr war ich „nur" Aid-Animateur, also Hilfssheriff sozusagen. Jetzt wurde ich Chef! Mit doppeltem Gehalt! Mann o Mann - nichts wie hin nach Brüssel.

Endlich wieder eine richtige Aufgabe haben, Körpereinsatz war gefragt, jeden Abend auf der Bühne stehen:

Good evening Ladies and Gentlemen - Bon soir Messieursdames - Guten Abend meine Damen und Herrn - Buenas Noches und Servus!

NIMM MICH MIT KAPITÄN

...auf die Reise. Oder: „Wenn die Nordseewellen" - „oder Seemann, lass das Träumen..."

Und das alles in Wien, wo es doch kein Meer gibt. In Hamburg müsste man sein, das wäre schön. Einmal rund um die Welt, oder öfter. Warum musste ich ausgerechnet in Wien geboren sein? Aber Moment mal, man könnt ja dorthin fahren. Per Autostopp, klar, und in HH da wohnte zur Zeit meine Schwester, die war nämlich Stewardess bei der Lufthansa.

Nix wie hin, und am nächsten Tag wollte ich gleich auf das Seemannsamt gehen und mir ein Schiff aussuchen, wo ich anheuern konnte. Als was? Ich bin kein Mechaniker, versteh auch nichts von der Seefahrt, Zahlmeister am ehesten, weil ich die kaufmännische Handelsakademie hinter mir hatte. Ist auch nichts, da würde ich ja schon wieder nur in einem Büro sitzen. Aber in die Küche, ja, das klingt gut. Ich hatte schon vorgesorgt und habe beim Wienerwald (Hähnchenbraterei in Worms) gejobbt: Hähnchen „paprizieren", also einreiben mit Salz und rotem Paprika, Rot- und Weisswein einschenken, Pommes machen.

Na ja, nicht unbedingt ein Traumjob, aber ich woll-

te ein Zeugnis haben, dass ich schon in der Küche gearbeitet hatte, damit ich in die Küche auf dem Schiff
käme!

Ich schlenderte durch den Hafen, genoss die ver-
schiedenen Düfte: Salz und das Meer...

Herrlich, die großen Pötte ziehen an dir vorbei, in
zwei Wochen sind sie dann in Südamerika, oder
Kanada? Wer weiß. Aber noch bin ich hier in Hamburg
und suche dieses Seemannsamt. Und wieder einmal
kommt mir der Zufall zu Hilfe und ein Mann tritt auf
mich zu und sagt: „Ich gehe mit dir dorthin und zeige
es dir, morgen früh, um acht, da ist meine
Nachtschicht zu Ende."- „Prima, also dann bis morgen,
bei den Kajütchen bei den Landungsbrücken (sind
heute alle abgerissen). Um acht Uhr!" - „ Okay."

Um Punkt acht Uhr stand ich vor der Kneipe, mein
neuer Freund und Nachtschichtarbeiter kam auch,
also, los zum Amt! „Ja, gleich, aber vorher hab ich
Durst, ich komm von der Arbeit, ein Bier und dann gehen wir los. okay. Du trinkst auch eines mit!" – „Na
klar, als alter Seebär bin ich dabei." (Übrigens auf
nüchternen Magen, und damals, als Jugendlicher trank
man noch nicht so viel Alkohol). „Auf einem Bein kann
man nicht stehen". Klingt logisch.

„Aller guten Dinge sind drei", eigentlich auch
logisch, nur, in meinem Schädel beginnt sich schön

langsam was zu drehen. Und dann kamen die anderen, urige Typen, Schlägertypen, die hatten auch Durst: „Trinkst einen mit?" Klar, ein Nein wäre eine Beleidigung gewesen, und mit denen wollte ich mich sicher nicht anlegen.

Ich musste schon ständig aufs Klo, das Karussell in meinem Schädel drehte sich immer schneller, meine Schritte wurden weicher und wackeliger, schade um das schöne Bier. „Aber ok, jetzt ist's genug". Ob wir heute noch zu dem Amt kommen? Und dann kam das Ende: Ein gut gekleideter Bayer versetzte mir den „Todesstoß". Er sagte: „Mir Süddeutschen miassen z'amhalten, trinkst an Cognac mit mir?" Und ich Trottel hab JA gesagt...

Dann war's aus. Um circa 11 Uhr vormittags beendete ich meine Seemannskarriere.

Ich hangelte mich zur U-Bahn, fuhr eine Station und musste aussteigen, das Riesenrad in meinem Kopf begann sich zu drehen. Nach einer halben Stunde ruhigem Sitzen auf der Bank fühlte ich mich fit genug, um wieder eine Station zu fahren. Ich musste bis zum Eppendorfer Baum. Die Heimfahrt war ziemlich anstrengend und langwierig. Eine Station fahren, dann wieder halbe Stunde Pause auf der Bank und von vorne. Endlich stand ich vor der Eingangstür meiner Schwester, der Spuk hatte ein Ende – und auch die klassische Seefahrt, das ist nichts für mich, zu „anstrengend".

Trotzdem war ich sechs Monate auf hoher See, allerdings auf einem Kreuzfahrtsschiff, der REGINA MARIS. *Von Traum zu Traum* von Neckermannreisen.

Von Singapur über Kuching/Borneo, weiter nach Bali, dann Surabaya/Indonesien und schließlich Philippinen, eine kleine Insel Romblon und zur Hauptstadt Manila. Dort wurden die Gäste gewechselt. 12 mal hin und her, das reicht. Ich erinnere mich noch ganz genau, wie es überhaupt dazu kam:

Die Geschichte begann in Fuerteventura, der trockenen von den Kanarischen Inseln. Die war groß und mit viel Sand. Ich war Animateur im *Casa Atlantica*. Hier gab es nichts außer dem Hotel, einem Tennisplatz und viel, viel Strand, FKK klar. Es war Winter, von dem man allerdings nicht viel merkte. Die Sonne schien fast immer, es war sommerlich warm,

Volles Haus, circa 800 Gäste – und EIN Animateur, und das war ich. Das übliche Programm von den Miss- und Misterwahlen, über eine One-man-Show mit Quiz- bis zum Bingo, alles dabei. Als Höhepunkt zu Weihnachten: der Weihnachtsmann mit Esel und Geschenken für die Kinder. Alle haben sich gefreut und geklatscht – nur der Esel nicht! Eigentlich wollte ich elegant auf dem Esel sitzend in den Speisesaal einreiten, dazu ein schönes „Jinglebell" von der Band. Leider wurde nichts draus, denn der sture Bock ging keinen Millimeter weiter. Das gab's doch nicht! Ich als „guter" Reiter würde doch noch mit so einem Esel fertig werden! Nix da, der ging keinen Schritt weiter, das war vor der Eingangstür zum Speisesaal.

´Was mach´ ich denn jetzt bloß?´ Mir wurde warm unter diesem weißen Weihnachtsmannbart. Da gab's nur eines: absteigen und ziehen. Der Esel sträubte sich mit all seinen Kräften dagegen, und ich zog und zog: Iich band mir die Schnur um den Bauch und schleifte das liebe Tierchen hinter mir her. Zum Glück war der Fussboden glatt mit schönen Keramikfliesen. Mir war heiß, mein Schädel glühte....Jinglebell – Jinglebell..

The show must go on! Keiner hatte meine hochrote Birne gesehen. Endlich geschafft: Geschenke verteilen und Weihnachtslieder singen, die wir vorher einstudiert hatten. Alle waren sie happy, alle standen plötzlich auf und sangen aus vollster Kehle: Stille Nacht, Heilige Nacht. Das war echt schön und ergreifend.

Im Jahr darauf habe ich mit dem Esel vorher in aller Stille geübt: rein gehen in den Speisesaal, eine Runde zwischen den Tischen gehen und wieder ganz friedlich hinaus marschieren. Na also, ging doch! Glück gehabt, der Esel hat bei dieser Übung nichts zwischen den Tischen verloren...

Apropos Weihnachten, da fällt mir unser erstes Weihnachten auf unserem Rancho ein.

Endlich hatten wir die ersten nennenswerten Gäste, eine Buchung von drei Erwachsenen und zwei Kindern – wir waren das erste Mal zu 60% „ausgebucht"! Ein toller Erfolg, denn das Geld konnten wir gut gebrauchen. Es regnete und wir erwarteten unsere Gäste. Der Weg zu uns war saumäßig, schlammig und holprig (übrigens viel besser ist er heute auch noch nicht).

Ich ging den Neuankömmlingen entgegen, natürlich mit Gummistiefeln. An der Kreuzung wartete ich auf sie, das Taxi kam, und die Familie stieg aus: Frau Li mit ihren beiden Kindern und die Oma – alles *Chinesen*, an den Füßen diese kleinen, zierlichen Schühchen. Der Mann, ein Riesenexemplar, ein Ami: „Hi, very nice to meet you, let's go, the mud, no problems." Also stapften wir los, in dem *mud*, Dreck. Alle haben sie gelacht und hatten ihren Spaß. Ich wäre fast verzweifelt, wie kann man nur so mit Gästen umgehen! No problem...

Und dann näherte sich der Heilige Abend. Vorsichtshalber fragte ich, ob sie irgendwelche speziellen Wünsche für Weihnachten hätten, sie waren ja die einzigen Gäste.

„Listen, hör zu," hat er zu mir gesagt, „meine

Familie, das sind alles Chinesen aus Singapur und ich bin Buddhist, also was sollen wir mit einem christlichen Fest?" - „OK, alles klar, dann machen wir eben nichts, business as usual."

Trotzdem bemerkte man plötzlich eine gewisse Hektik und Geheimnistuerei. Es wurde etwas versteckt und eingepackt, man musste plötzlich ins Dorf zum Einkaufen, man wollte einige spanischen Wörter wissen und so weiter.

Und dann erleuchtete am 24. Dezember trotzdem der Weihnachtsbaum. Er erschien in vollstem Lichterglanz, mit Kerzen und Girlanden, Engelshaar, und allem Drum und Dran. Ich dachte mir: Wir sind hier in Spanien, einem katholischen Land, also warum nicht das christliche Fest so feiern wie es eben hier üblich ist?

Verpackte Geschenke wurden hin und her geschoben – und plötzlich fing die ganze „chinesische Familie" zu singen an. Aber nicht auf chinesisch sondern englisch, sämtliche uns bekannten Weihnachtslieder, vom Holy Christmas bis Jesus Christ, Holy night und so fort, da war alles dabei. Ich habe noch nie so etwas Ergreifendes erlebt. Die Oma, die nur chinesisch konnte, brummte mit, es war eine Weihnachtsstimmung, die echt unter die Haut ging. Unbeschreiblich schön. Der Dreck auf der Straße war schon lang vergessen.

Tja, wie kam ich aber zur Seefahrt? Der Chef vom Neckermannteam war ein sehr ehrgeiziger Mensch, er wollte unbedingt ins Rampenlicht – leider hab ich ihm die Show gestohlen, ich war besser und beliebter. Klar, er hasste mich, aber er musste sich geschlagen geben. Ihm gefielen aber meine Auftritte und dann sprach er mich eines Tages an: „Willst du mit mir auf ein Kreuzfahrtschiff?" Er war ja Cruise-director auf Kreuzfahrten. „Als Animateur, musst dir nur einen Smoking und eine Fliege kaufen". Ich lief ja immer barfuß herum, auch auf der Bühne, ja Schuhe mussten auch her.

„JAAAAAAAAAAAAAAAAAAAAAAAAAAAAAAAAAAAA, ICH WILL!!!!!!"

Irgendwann im November bestieg ich die REGINA MARIS in Singapur. Ich war wieder einmal am Ende meiner Träume: Ich fuhr zur See! Ein Wahnsinn. Mein Job? Eine Kleinigkeit, das machte ich mit links, hatte ja schon einige Jahre Erfahrung in diesem Metier. Ich musste nur *eine* Sprache sprechen und überarbeitet habe ich mich auch nicht: Innerhalb von 14 Tagen hatte ich vier bis fünf Auftritte, der Rest war frei, bedeutet: auf dem Oberdeck stehen und ins Wasser glotzen...

Der größte Stressfaktor war der Smoking und die Schuhe. Ich, und Smoking!!! Dass ich nicht lache. Na, ich hab's überlebt, wie so vieles andere auch. Zum Beispiel Tennisspielen am Äquator: Wenn du nur zwei

Schritte aus dem klimatisierten Schiffsbauch herausgekrochen kamst, warst du bereits schweißgebadet, da nützte auch ein hauchdünnes Hemd nichts.

Es war heiß und feucht. Aber Tennisspielen wollte ich trotzdem. Man muss ja körperlich was tun! Nur herumrennen auf dem Schiff ist zu wenig.

Schnell fand man die Tennisplätze nach dem Anlegen, waren ja meist in Meeresnähe, gegen wen aber spielen? Ah, da kamen sie schon, der Polizeichef, der Bürgermeister und andere höhere Persönlichkeiten. Denn nur die dürfen auf den Platz, das gemeine Volk muss draußen bleiben; aber am Zaun, da haben sie sich die Nasen platt gedrückt:

„Auf, auf, gib's ihm!" Alle waren für mich, endlich einmal einer, der dem verhassten Polizeichef eine Abfuhr erteilt. Ich rannte und rannte, mir rann der Schweiß in Strömen von der Stirn, konnte den Schläger kaum halten, nass und rutschig wurde er. Und meine „Gegner"? Ein winziges kleines Rinnsal an den Schläfen war zu entdecken, sonst nichts. Ungerechte Welt! Ich habe natürlich nicht gewonnen, aber schön war's, endlich sich wieder zu bewegen!

Wieder zurück auf's Schiff, das kommt dir so vor wie – zurück in die Zelle. Na ja, so schlimm war's ja gar nicht. Ich habe versucht, die doch etwas steifere Gesellschaft durcheinander zu rütteln, wie zum Beispiel am

Sonntagvormittag: Da war traditionsgemäß auf allen Kreuzfahrtschiffen Frühschoppen mit Freibier und „Herrenwitzen". Eine stinklangweilige Angelegenheit, weil sich keiner so richtig traute, einen „schmutzigen Witz" zu erzählen. Da fiel mir der gute, alte Hahnenkampf ein: Man nehme ein Handtuch, eigentlich zwei, für jeden eines, steckt sich einen Teil in die Hose an der Seite, eine Hand auf den Rücken und nun muss jeder versuchen, das Tuch dem anderen zu entreißen. Kann superlustig sein.

Die Gäste haben sich köstlichst amüsiert. Das Bier floss in Strömen - klar, wenn's gratis ist. Die Kommentare dazu im Fragebogen vor Ende der Reise:

- „Das war die lustigste Kreuzfahrt, die ich je mitgemacht habe, bravo Wolf."

Oder: „Also, dieser Animateur gehört auf eine bayrische Schihütte, aber nicht auf ein Kreuzfahrtschiff!"

So, jetzt können Sie sich einen davon aussuchen...

Soll ich Ihnen etwas von der üblichen Schlacht am kalten Büfett erzählen? Besser nicht, kennt sowieso jeder. Überfüllte Teller mit allem darauf, was ein Büfett so hergibt, ob Fisch, Fleisch, Kaviar, Gemüse, Torte und Erdbeeren, alles muss drauf auf den Teller. Es könnte ja sein, dass nachher nichts mehr übrig wäre? Es gibt ja „nur" sechs Möglichkeiten, wo man etwas zu essen bekommt! Das fängt mit dem Frühstücksbüfett an, um 11 Uhr gibts Brühe oder kleinen Imbiss, ab Mittag dann ein kaltes Büfett im oberen Deck und im Speisesaal ein richtiges warmes Menü, dann muss man sich bis circa 16 Uhr gedulden, bis endlich Kaffee und Kuchen serviert wird. Aber dann schnell umziehen, heute ist Käpt'ns Dinner, Gala-Abend oder Kerzerlabend, na ist ja wurscht, gemampft wird immer. Damit ich nicht noch eines vergesse: Um Mitternacht, nach der Show oder dem Tanz, da kommt erst richtig Hunger auf: Da kommen sie schon: die Würstchen oder kleine Pizzas! Nur rein damit, denn das Frühstück gibt's ja erst morgen, uff, welche Qual!

Auf den ersten fünf Touren genießt man das üppige Essen, ist schon schön und toll. Das Feinste vom Feinen, etwa Steak Wellington, super. Aber ab der sechsten Fahrt - immer dasselbe, und gleich zwei Mal hintereinander, denn das Steak Wellington wurde am letzten Tag der Reise serviert und am nächsten Tag wieder für die neuen Gäste!

Ich hab mich des öfteren unter Deck verdrückt, zur Schiffsmannschaft: Aah, ein ganz simples Spiegelei, gab´s bei denen, wie herrlich!

Irgendwie bekomme ich Gänsehaut, wenn ich die Bilder von dem Unglück mit der Concordia sehe. Ich war auf so einem Schiff, und das hätte mir genauso passieren können. Und es hat ja einmal ganz schön gerummst und gekracht! Was war das?

Ich lag gerade gemütlich in meiner Kajüte und las, ich hatte frei an diesem Abend. Die Bordband übernahm das Bingospiel. Plötzlich rannte alles durcheinander, Sirenen heulten, die Maschinen stoppten, wir waren auf hoher See, rund um uns nur Wasser (na ja, ist eigentlich logisch, wenn man auf einem Schiff ist). Was war geschehen?

Die Ankerkette hatte sich gelöst und ist mit großem Getöse und Funkenspritzen in die Tiefe gerasselt. Irgendwie hatte jemand vergessen, die Sicherung der Kette fest zu machen, und sie hatte sich selbständig gemacht. Zum Glück waren wir nicht mit Volldampf voraus, sondern es soll „gemütlich" dahin gegangen sein. Man stelle sich vor, der Anker hätte sich an einem Felsen festgekrallt. Ein plötzlicher Stopp wäre die Folge gewesen: Den Effekt eines Fahrrades, das man stark mit der Vorderradbremse stoppen will, kennt jeder: Das Rad überschlägt sich nach vorn, man fliegt kopfüber über den Lenker und liegt unweigerlich auf der Schnauze. - So ähnlich hätte es mit dem Schiff auch passieren können. Uff, wir waren in tiefen Gewässern, irgendwo zwischen Bali und Sumatra.

Gute Nacht, Bingo ging weiter...

Der absolute Höhepunkt dieser Reisen (zur Erinnerung: zwölf Mal hin und her!) war für mich persönlich nicht Borneo, nicht Bali, nicht Surabaya, Singapur oder Manila, sondern *Romblon*, eine kleine philippinische Insel, die praktisch nur aus Marmor besteht, der auch fleißig abgebaut wird. Die armen Arbeiter, die da den ganzen Tag in diesem Marmorstaub stehen und die großen Blöcke durchsägen müssen, um dann schöne Tische, Grabsteine oder Figuren herzustellen. Nein, das war es nicht, was es mir angetan hatte, es war die himmlische, einsame Ruhe am Abend, der ganz langsam in die Nacht überging. Das große Kreuzfahrtschiff mit den Gästen, die einen herrlichen Badetag am Strand verbringen durften, war wieder abgefahren, es war die letzte beziehungsweise erste Station vor beziehungsweise nach der Hauptstadt Manila.

Wir, das war ich mit Frau und einem befreundeten Flugkapitän, der Horst mit Freundin, also vier Personen, sonst niemand, nur noch die Inselbewohner, die in ihren Bambushütten ringsum wohnten. Wir mieteten uns zwei Baumhäuser für eine Nacht und durften auf der Insel zurückbleiben. Das war zwar irgendwie „illegal", denn man hätte uns auch als illegale Einwanderer einstufen können. Aber das hat der Inselchef nicht so ernst genommen. Ein paar Dollarscheine haben da sicher nachgeholfen. Aber egal: Wir waren allein auf der Insel, das Haus im Baum, der mitten durch unser Schlafzimmer wuchs. Wir saßen am Strand und bewunderten den Sonnenuntergang, die Wellen plätscherten leise dahin, das Meer wurde spiegelglatt, es war einfach schön. Und zu essen bekamen wir auch: gegrillten Fisch, absolut frisch, auf einem Bananenblatt serviert. Zu trinken: Kokosmilch, frisch von der Nuss gemolken. Absolut der Hammer!

Wir begannen zu philosophieren: Wer ist eigentlich glücklicher? Wir, die „Zivilisierten", die alles haben, oder die Menschen hier? Wir *träumen* von einem Haus, Blick aufs Meer, Yacht vor der Tür, Fischerlizenz in der Tasche, Essen und Trinken...und wohnen aber im 5. Stock, Mietwohnung, Blick auf die rastlose Autobahn, Aber was alles *haben* die hier! Ihre Bambushütte, Blick zum Meer, ein kleines Fischerboot, angeln jeden Tag, täglich frischer Fisch auf dem Teller, pardon, Bananenblatt, und wenn es dunkel wird, ist der Tag zu Ende, morgens aufstehen, wenn die Sonne auch aufgeht. Das passt!

Die Trennung -

und zwar von meiner damaligen Lebensabschnittsgefährtin. Sie war ja mit auf dem Schiff. Kennengelernt hatten wir uns seinerzeit in Spanien, im Holiday-Club. Sie lebte in Scheidung und hatte vier Kinder. Nach einem Kanadabesuch in Quebec, also im französischen Teil, im Februar, beschloss sie, nach Andalusien auszuwandern. Es wurde ein Haus gefunden, wie praktisch gleich neben dem Club, in dem ich Animateur war. Warum nicht umziehen in das schöne Haus anstelle in einem Personalzimmer zu wohnen? Und so wurde ich von einem Tag auf den anderen sozusagen „Familienvater" von vier Kindern....und war gestern noch „freier" Animateur, der sicher nichts „anbrennen" ließ...

Ach ja, sieben Jahre - war eine schöne Zeit, aber am Schiff war dann Schluss, der Weg frei für -

ESTHER, LIEBE MEINES LEBENS

Es war der 1. August 1981, der Schweizer Nationalfeiertag, im Hotel Delta auf Mallorca, Animateur: Wolf.

Der hatte die Aufgabe, an diesem Festtage für die Schweizer Gäste einen kleinen Umtrunk zu organisieren. Man traf sich abends an der Hotelbar. Sangria und Schweizer Kerzenlichtchen. *Also dann ein Prosit auf die Schweiz – Eviva!*

Und da stand sie: bezaubernd, schwarzes Haar, schön wie eine Blume, die Knie wurden mir weich... Blödsinn, so schreibt der Konsalik, aber nicht der Wolf.

Nein, wir haben uns draußen auf die Terrasse gesetzt und haben geplaudert, viel geplaudert. Sie lebte gerade in Scheidung und ich war wieder solo. Na, das passte ja schon einmal. Und dann erzählte sie mir, dass sie zu Hause einen kleinen Gemüsegarten betreibt, zwar nicht größer als zwei Quadratmeter, aber immerhin, für ein paar Bohnen und Zwiebel langte es allemal. Farm und Gemüsegarten?? Na, das passte ja schon wieder! Die restlichen Urlaubstage verbrachten wir mehr oder weniger gemeinsam.

Dann war der Urlaub zu Ende – aber sie kam wieder! Juppi, wir haben uns lieben gelernt.

Ich beschloss spontan, meinen Animateurjob endlich an den Nagel zu hängen. Am 1. Juni nächsten Jahres sollte Eröffnung auf meiner Ranch sein, die damals leer stand. Es war Mitternacht, als ich diesen Entschluss gefasst hatte. Ich lag schon im Bett, zog mich wieder an, ging in die Bar für ein Bier zum besser Einschlafen, und begann, Pläne zu schmieden.

Die Saison ging zu Ende, ich flog nach Malaga mit ein bisschen Geld im Sackl – und vielen, vielen Ideen: Was machen wir auf der Farm, die ich zwei Jahre vorher gekauft hatte? Eine Schweinezucht, oder doch Rinder züchten? Kaninchenzucht, die ich schon einmal hatte, als ich noch in Estepona wohnte? Bis man hier an sein Ziel kommt, das dauert, dann kommen Krankheiten und wer weiß was noch. Nein, am besten wäre ein kleines Reiterhotel:

REITEN IN ANDALUSIEN

Das ist es! Also ran an die Arbeit.

Aber ohne Esther geht da gar nichts, und die sitzt irgendwie in der Schweiz fest. Sie soll einmal den Frisiersalon von ihrer Mutter übernehmen, außerdem hat sie eine Lehrtochter angenommen, die man nicht einfach fallen lassen kann. Und überhaupt, so weit weg, und für immer ?

Die Zeit des Briefeschreibens begann: täglich einer, hin und her. Aus jedem Brief lief Liebe und viel Sehnsucht heraus. „Bitte komm, pfeif´ auf die Lehrtochter, pfeif´ auf die Oma, pfeif´ auf alles, nur nicht auf mich, ich brauche dich hier. An meiner Seite, wir machen den schönsten Gemüsegarten, bauen die Ruine aus, machen Zimmer daraus, gehen baden in dem nahen Fluss, essen unsere eigenen Orangen und Zitronen. Es gibt zwar keinen Strom, keine Wasserleitung, kein Telefon, nur einen Weg durch den Fluss, eine Bahnlinie nebendran – aber dafür hügelige Berge mit Korkeichenwäldern, Wiesen und Weiden mit brüllenden Rindern, barfuss gehen den ganzen Tag." - Und Esther kann kochen, und kocht gerne! Da passt einfach alles. „Bitte komm zu mir nach Spanien!"

„JA schreibt sie. Aber Du musst zuerst zu mir in die Schweiz kommen!" Klar, schließlich wollte sie auch nicht die Katze im Sack kaufen, die Familie kennenlernen, und überhaupt, das gehört sich so. Punkt.

Es war Weihnachten, der 24. Dezember. Der Bus aus Barcelona hatte Verspätung, viel Verspätung, denn am frühen Vormittag sollte er in Zürich ankommen, es wurde Abend. Warum? Weil wir an der Grenze zur Schweiz jede Menge Kontrollen über uns ergehen lassen mussten. Diese „bösen" Spanier! Gastarbeiter, die über den Winter in die Alpengasthöfe kommen um Geld zu verdienen. Um möglichst viel Geld mit nach Hause zu nehmen, versuchten sie bei den teuren,

Schweizer Lebensmitteln zu sparen, also nahmen sie sich so viel Essen wie möglich mit: Schinken, Salami, Butter - *alles illegal!* Es dürfen keine Lebensmittel in die Schweiz eingeführt werden. Alles wurde konfisziert, alles raus und weg – bon appetit, Monsieur le Gendarm.

Endlich durfte ich meinen Schatz in die Arme nehmen, es waren die schönsten Weihnachten meines Lebens! All die Jahre davor hatte ich ja praktisch keine Weihnachten. Ich musste arbeiten, man erinnert sich: Jinglebell – Jinglebell...

Friedlich lag das Dorf unter einer weißen Schneedecke, der Schnee knirschte, die Schneekristalle glitzerten im Schein einer Straßenlaterne. Alles Dinge, die ich jahrelang nicht gehabt hatte, Erinnerungen wurden wach, das Rodeln in Wien mit meinem Vater, Schifahren in den Bergen, das Heimtorkeln als Schilehrer vom „Roten Ochsen" in Abtenau, in den Füßen Kälte verspüren, ein ganz neues Gefühl.

Es war still und einsam auf der Straße. Esther hatte eine schöne Wohnung im zweiten Stock, oben am Berg in Siebnen. Ich betrat die Wohnung: „Bah, das ist ja eine richtige Wohnung!"

Entgeistert schaut sie mich an: „Was soll das heißen, eine ´richtige´ Wohnung, die sind alle so in der Schweiz!" – Ja, dachte ich bei mir, sicher aber nicht in

Frankreich bei meinen Freunden und auch nicht in einem Hotelzimmer fürs Personal (wo ich jahrelang gelebt hatte).

Große Fenster mit Blick auf den Zürichsee – wow.

Genug gestaunt, Koffer auspacken. Ist ja schließlich Weihnachten und wir müssen in den nächsten Tagen zu den Eltern, mich vorstellen. Ein bisschen Herzklopfen ist da immer dabei, aber gut, da muss ich durch. Esther betrachtet mit Argwohn den Inhalt meines Koffers: „Und wo ist der Anzug?" - „Welcher Anzug? Ich hab nur diese Cordhose und die schöne für die Bühne hab ich in Spanien gelassen." - „Morgen gehen wir einen Anzug (Kleidung auf schweizerisch) kaufen, *so kann ich dich nicht meinen Eltern präsentieren.*" So sprach Esther. Na schön, da geht's schon los, die Knute. Macht nichts, sie hat ja recht.

Ich wurde schon vorher groß angekündigt, alle waren gespannt, wer da so als „Neuer" von Esther antanzen wird. Bei einem netten Fondueabend hatte Esther versucht, ihre Auswandererpläne so schmackhaft wie möglich ihrem Vater und Familie zu präsentieren.

Geplant war, dass sie einmal den Frisiersalon übernehmen sollte. „Papa, ich geh nach Spanien" - Mit wem? - „Einem Animateur aus Österreich." - Was, ein Animateur? Na glaubst du, du bist da die einzige? Und außerdem ein Ausländer!" - „Ja, der hat eine Farm in

Andalusien und braucht eine Frau." - „WARUM DENN AUSGERECHNET DICH?"

Dann stand er vom Tisch auf und ging wortlos zur Tür hinaus. „Heißt das, dass ich nicht mehr zurück-kommen darf, Papa?" Er drehte sich wieder um und blieb. Es wurde noch ein schöner und interessanter Abend.

Man muss dazu sagen, die Eltern besuchten uns später dann jedes Jahr, halfen mit beim Aufbau und gaben uns viel moralische Unterstützung!

Einen Monat später packten wir also alles, was nur Platz hatte in den kleinen VW Golf, sogar einen Garten-schlauch und Schaufel, Kleiderbügel und Kochtopf...

Es war eine lange Fahrt, wir schliefen immer im Auto. Total übermüdet landeten wir in unserem gemeinsamen Heim: RANCHO LOS LOBOS.

BUA, JETZT HAST DU DIR ARBEIT GEKAUFT

Das waren die Worte meines Vaters, als ich ihm stolz meine frisch gekaufte Finca in Andalusien gezeigt habe. Zwei Hektar Land, altes Bauernhaus, Stallungen, Strohlagerraum, Schweinestall - .alles „etwas renovierungsbedürftig", wie es so schön heißt.

Ein guter Bekannter, dem ich ebenfalls meine neue Errungenschaft präsentierte, meinte nur: „Wolf, ich geb dir einen guten Rat: Miete dir einen Bulldozer für zwei Stunden und fahr da ein paar Mal hin und her, über die Gebäude, und dann fängst du neu an."

Ich habe es nicht getan, denn genau das macht ja den Charme aus: 50 Zentimeter dicke Mauern, gebaut nur mit Steinen aus dem Fluss und Lehm, die kleinen Ecken und Kanten, das alte Dach: Mönch und Nonnen (so heißt das, tut mir leid) das gehört einfach hierher, nach Andalusien! Einen 14 Meter tiefen Brunnen im Hof, selbst von Hand des früheren Besitzers gegraben. Große Eukalyptusbäume weiter hinten, ideal für einen Offenstall, immer schön Schatten. Rundherum Weiden, keine Nachbarn, kein Haus, nur eine Bahnlinie mit relativ wenig Zugverkehr, der Zufahrtsweg führte durch den Fluss - kein Problem, denn es war Ende September, also fast trocken. Das böse Erwachen kam dann im Frühling, als der erste Regen einsetzte...

Und es wurde in die Hände gespuckt---

Noch nicht, denn ich war ja auf dem Schiff und dann auf Mallorca, Animieren und Geld verdienen – das Ziel war klar, wohin das Geld fließen sollte. Alles für's Rancho. Tagsüber Tennislehrer und abends auf der Bühne. War nicht immer leicht, aber Geld hat's gebracht, Geld, das wir dringend benötigten um, eben, um in die Hände zu spucken.

Die Finca blieb zwei Jahre lang brach liegen. Was soll's, wegnehmen konnte man sie mir ja nicht, das ist das schöne bei einer „Immobilie".

Und dann kam ich mit Esther, meiner neuen Liebe, im VW Golf vorgefahren. Ein Holländer wohnte auf der Farm, als Gegenleistung half er mir beim Wegräumen von Schutt und Abfall.

Ihn habe ich gebeten, er möge doch ein paar Blümchen und eine Flasche Sekt organisieren, so als kleine Begrüßung für die „Neue". Es waren blaue Nelken. Was anderes und etwas mehr Romantisches war anscheinend nicht aufzutreiben. Esther „träumt" heute noch davon.

Wir sind praktisch die ganze Nacht durchgefahren – mit dem total überladenen VW Golf.

ANDALUSIEN IST groß. Zumindest damals, als es

noch keine Autobahn gab, ging alles schön gemütlich durch die Berge und enge Straßen voran. Wir kamen um sieben Uhr morgens an:

Hurra Sweet Home – wir sind da!

Der Sekt wurde geköpft, ich hab´ ihn in mich hineingeschüttet – ich war der glücklichste Mensch auf der Welt: mit Esther in MEINER RANCH zu sein!

Da war es auch ziemlich wursch, dass die Wände nass waren, es rann nur so runter. Diese Mönche und Nonnen haben anscheinend nicht viel gehalten, das Dach war undicht.

Mein schönes Bild, eine Kirschenblüte, auf Seide gemalt, das ich aus Singapur mitgebracht hatte, war im A...(Eimer). Das Bett war klamm und feucht, und ich war todmüde: die Nacht plus Sekt auf nüchternen Magen, haben mich umgehauen, genau ins Bett, trotz Feuchtigkeit, und ich schlief ein...

Was tat Esther, die „Neue"? Die war zu sehr aufgeregt und wollte ja wissen, wo sie möglicherweise den Rest ihres Lebens verbringen würde. Nach einem kleinen Rundgang fand sie irgendwo in dem Gerümpel einen Putzeimer und ein Stück Tuch und - jetzt kommt's – fing an, FENSTER ZU PUTZEN! Ich lag daneben im Tiefschlaf...

Wenn da nicht der Zitronendieb gekommen wäre!

Genau in dem Moment, als wir ankamen und ich friedlich in meinem Bettchen schlummerte, kraxelte ein junger Mann auf unseren Zitronenbaum, der vor unserem Haus stand und bediente sich selbst. Esther sah das und rannte hinaus – das waren ja jetzt auch *ihre* Zitronen! „Verschwind, hau ab!"

Sie kam in mein Zimmer und wollte mich wecken: „Du, da sitzt einer auf unserem Zitronenbaum und klaut uns die Zitronen!"- „Ja, ja", brumm, brumm, und weiter hab´ ich geschlafen. In dem Moment waren mir die Zitronen ziemlich wurscht, ich konnte nicht mehr. Aus, fertig, rien ne va plus, Ende.

Und diese Geschichte ist WAHR! Nicht von mir erfunden. So war's, unsere Ankunft auf

RANCHO LOS LOBOS

HINDERNISSE ALLERORTEN
UND DIE ERSTEN GÄSTE

WO und WIE sollen wir anfangen? Rund um uns zwei Hektar Land, brach, eine Wiese, ein 100 Jahre altes Bauernhaus, zum Teil zerfallen, im Dach gab's große Löcher, ein Baum wuchs durch die Decke. Ich erinnere mich noch ganz genau an meine erste Nacht auf MEINER Farm. Am Vormittag des 13. September 1977 (13 ist meine Glückszahl!) unterschrieb ich den Kaufvertrag, also gehört die Ranch ab Mittag MIR, und ich werde dort meine erste Nacht verbringen! Ich werde auf meinem eigenen Grund und Boden schlafen.

Tatsächlich am „Boden", denn Bett war ja keines vorhanden. Zwei Decken tun es ja auch.

Es war ein herrlicher Abend, sternenklar, kein Wind. Ich legte mich auf den Küchenfußboden mitten ins Zimmer, mit Vino tinto und konnte den dunklen Nachthimmel durch das Dach sehen. Ich genoss die Ruhe um mich herum, begann Pläne zu schmieden - und dann kam der ZUG (el tren). Mit lautem Getöse ratterte er an meinem Grundstück vorbei, ich war wieder hellwach. Ach, du Scheiße, was hab´ ich mir denn da gekauft!?

Keine Nacht schlafen können, wie furchtbar. Ich

wusste ja, dass da eine Bahnlinie vorbeiführt, aber in meiner „Verliebtheit" in die Finca hatte ich das gar nicht richtig wahrgenommen. Genauso wenig, dass es eigentlich keine Straße gab, man musste durch den Fluss fahren. Was heißt hier Straße, das war ein Trampelpfad für Pferde und Esel. Daran hat sich übrigens bis heute nicht viel geändert. An die Bahn hat man sich in der Zwischenzeit gewöhnt, fallen nicht mehr viel auf, die paar Züge, no problema.

Als ich mit Esther ankam, hatten wir bereits das leider undichte Dach neu gemacht, es waren bereits Türen und Fenster eingebaut und der Schutt und Dreck war auf ein Minimum reduziert. Aber es gab kein fließendes Wasser geschweige denn warmes Wasser, keinen Strom, kein Telefon, keine Postzustellung, nichts. Ich will hier nicht in Details gehen, darüber haben schon einige andere Auswanderer Bücher geschrieben, es bleibt aber noch genug zum Erzählen übrig.

Was braucht man als allererstes? Richtig: eine Werkstatt, in der man sein Werkzeug verstauen kann. Ohne Werkzeug kein Arbeiten möglich. Denn bis jetzt lag alles auf dem Fußboden in der Küche. Damit meine ich die alte Ofenküche, in der man noch mit Feuer kochte, das hieß: einheizen, Asche raus und das Ganze wieder von vorne. Dann hatten wir noch einen kleinen Campinggasofen.

Dann braucht man Wasser: Es wurde ein vier Meter hoher Wasserturm gebaut. Leider funktionierten die Pumpen nicht ohne Strom. Zunächst versuchten wir es mit einer kleinen 12-Volt-Pumpe aus dem Brunnen im Hof. Als dann unser neu gekauftes Dieselstromaggregat zum Einsatz kam, ging´s uns besser. Warmwasser war eigentlich kein Thema: Man kauft sich einen Durchlauferhitzer! Anschließen und fertig - denkste: Dieses Ding brauchte einen Minimalwasserdruck von zwei Bar! Aha, was ist ein Bar? Hat nichts mit Saufen zu tun sondern mit Physik, war auch schon lange her. In einem weisen Büchlein von der Schule stand etwas von einer 10 Meter hohen Wassersäule - jetzt hab ich's kapiert!

Am 1. Juni sollte Eröffnung von unserem Reiterhotel sein. Acht Gäste hatten sich schon angemeldet, alles gute Bekannte von meiner Animationszeit: *„Wolf, wenn Du dein Hotel aufmachst, dann kommen wir!"* Tatsächlich, sie kamen! Mit dem ersten Geld kauften wir übrigens gleich den Dieselmotor zur Stromerzeugung. Ein Glück, dass der Peter auch da war, der kannte sich mit Elektrizität aus. „Kannst du mir den Motor installieren und in Gang setzen?" - „Ja, klar!", so seine Antwort. „Na, dann mal los, just do it!" feuerte ich ihn an.

Und es hat geklappt: An meinem Geburtstag, am

19. Juni ging das Licht an, wenn man ein kleines Knöpfchen drückte – EIN IRRES GEFÜHL! Bisher hatten wir ein Sonnenpaneel mit Batterie und – wie romantisch – Kerzchen...

Ich wollte autark sein, ich brauchte doch niemanden: Wir machen uns alles selber, wir leben von und mit der Natur, der Sonne für's Licht, dem Wind zum Wasserpumpen, dem Gemüsegarten zum Essen – und natürlich auch von unseren Reitergästen, denn ein bisschen Geld braucht man ja schließlich auch.

Wir begannen zu bauen und umzugraben, zu betonieren und Bäume zu pflanzen. Alles ohne jegliche Bewilligung, wozu auch, das Land gehörte ja mir, ich hab's gekauft, kann also machen was ich will, so meine Gedanken. Sie haben's erraten, hat nicht ganz so geklappt, wie ich es mir in meiner naiven Vorstellung gedacht hatte. Aber es hat geklappt, zwar etwas mühsam und langsam, aber wir kamen voran.

Sechs Jahre lang kein Strom, keine Lizenz, kein Weg — aber das Hotel war eröffnet, Pferde standen bereit, es ging los. Ja, es funktionierte, wir fingen an, Geld zu verdienen.

Was braucht man? Telefon, Strom, Wasser. Als erstes gab's Telefon, natürlich erst nach drei Jahren hin und her fahren, Antrag stellen und wieder hin fahren und alles von vorne. Da, da kommen die Pfosten, nein, wieder nicht für uns sondern für die Nachbarn. Heute mit den Handys wäre das alles nicht notwendig.

Was für ein Glücksgefühl, als die Telefonica-Leute endlich kamen und ein Telefon mit Drehscheibe in unser Wohnzimmer stellten. Unser „Martyrium" hatte ein Ende! Endlich konnten wir direkt auf Buchungsanfragen antworten. Bis jetzt funktionierte eine Buchung so:

- Die Agentur schickte mir ein Telegramm,
- ich musste zu Fuß ins Dorf (halbe Stunde),
- in die Bar,
- nach Deutschland telefonieren,
- Buchung bestätigen, oder, falls besetzt war,
- nochmals versuchen.

Dabei verging locker und leicht mindestens wieder eine halbe Stunde,

- zurückgehen nach Hause,
- dort angekommen: Buchung aufschreiben und sich freuen, dass die Buchung geklappt hat: Wieder zwei Gäste, hurra!

Dann kam für kurze Zeit die neueste Errungenschaft der Technik: das *Telex*. Das mit den Lochstreifen. Gegenüber vom Rancho, auf der anderen Seite des Flusses, gab es eine große deutsche Gärtnerei mit Veilchenzucht für die ganze Welt. „Jimenaflor" hieß sie, und dort stand eine Riesenmaschine, die Nachrichten in Lochstreifenformat ausspuckte:

13. April bis 20. April, zwei Gäste, Name Meier. Okay, Buchung notiert. Und wieder über den Fluss heimfahren. Und was tun bei Hochwasser? - Zuhause bleiben!

Die genialste Erfindung der Welt kam danach: das FAX. Und somit für uns der echte Durchbruch. So herrlich, man schreibt ob die Buchung klar geht, ja - nein, und rutsch, weg ist es und die in Hamburg wissen im selben Moment Bescheid. Kein zeitraubendes Geplänker, ´wie's geht, wie ist das Wetter, was machen die Pferde.´ Klipp und klar steht's auf dem Papier: Die Meiers kommen, punkt.

Und auch das ist schon wieder so alt, dass es fast lächerlich wirkt, wenn man doch noch ein Fax abschickt. Tja, der Computer hat uns alle im Griff. Nur sehr zögerlich bin ich auf diesen Zug aufgesprungen: Ach, ich brauch doch keinen Computer, schon wieder was Neues. Ein guter Freund, Rainer, der meinte damals: „Na Wolf, meinst du nicht, dass du dir so ein Ding anschaffen solltest?", hat er gesagt, und der Wolf hat's halt gemacht. Danke Rainer!!

Die Sonne erzeugt Strom, wunderbar, leider ziemlich wenig, wenn man nur ein Paneel hat. Ein Antrag wird gestellt, man fährt wieder hunderte Male nach Algeciras, ja ja, nur Geduld. Außerdem legt sich der Nachbar quer, denn die Pfosten sollten über sein Land gehen. Na dann führen wir die Leitungen außen herum, ist länger, kostet auch mehr, aber was soll's. Wir müssen aber auch noch über die Bahnlinie: Nachfrage bei der Bahn: entweder oben drüber mit der Leitung: zwanzig Meter Abstand von den Gleisen und mindestens 5 Meter hoch. Toll, das würde bedeuten, dass da plötzlich zwei riesige Masten stehen würden, einer davon wieder auf dem Land meines Nachbarn.

Lösung B: unter den Schienen durchgraben, klar, Vorschrift: mindestens drei Meter tief. Gut, das machen wir. Ein „Spezialist", *topo* oder Maulwurf genannt kam angerückt. Drei Mann, bewaffnet mit einem Black&Decker-Bohrer und einem Blech (auf das man die ausgegrabene Erde drauflegen und aus dem Tunnel rausziehen konnte). Das ist wirklich wahr!

Mit einer kleinen Bohrmaschine haben sich die Drei durch die immer wieder eingeführten Rohre gearbeitet, mindestens 10 Meter lang, unter den Schienen durch. Alle 10 Minuten wurde gewechselt, weil es in dem Loch eine unheimliche Hitze hatte. Dann kam ohnehin der Regen, es kühlte ab, aber dann stand das Wasser in dem Loch, es wurde zum Schlammbad.

Aber die Kabel sind drin und wir haben Strom!!

Das mit dem Solarstrom, „alternativ", ist so eine Sache: 1. hängen überall Kabel herum und 2. hat man eben nur zwei Alternativen: Entweder haben wir Licht in der Küche und der Essraum ist finster, oder umgekehrt, für beides reichte die Batterie nicht. Aber es hat doch irgendwie jahrelang funktioniert!

Jetzt brauchen wir nur noch Wasser, denn der von Hand gegrabene Brunnen im Hof trocknete aus im Sommer. Also muss ein Profi her, um eine Tiefenbohrung zu machen, eine *perforacion,* Maschinen, Bohrturm, Rohre, Pumpe runter in das Loch, dreißig Meter tief.

Man pumpt keine 10 Minuten, und die Pumpe sitzt fest, aus, verbrannt. Warum? Weil in dem Bohrloch mehr Schlamm als Wasser war. Der Filter hat gefehlt. Aber es wäre ohnehin zu wenig Wasser geflossen. Der Sommer ist gnadenlos in Andalusien.

Aber wir wollten ja „autark" sein: Eine Windmühle muss her! Mein Nachbar, der Mano, ist ein super Techniker, der kennt auch ein System von Windkraftpumpen, die mit Druckluft arbeiten: Das Windrad pumpt Luft in den Schacht, und diese Pressluft drückt die Luft plus Wasser an die Oberfläche. Das hat den großen Vorteil, dass die Windmühle nicht unbedingt über dem Bohrloch stehen muss, sondern dort, wo am meisten Wind bläst.

Na schön, die Windmühle stand über dem Bohrloch

– nur leider kam der Wind meist von der falschen Seite. Die hohen Eukalyptusbäume hielten den schönen Westwind ab. Die Rotorblätter drehten sich nicht so wie es sein sollte, sondern sie drehten sich um ihre eigene Achse. Nur wenn der Wind von Norden kam, dann gab's Wasser. Nur leider gibt es hier nicht oft Nordwind, sondern meist Levante, und das bedeutet Ostwind.

Schließlich beschlossen wir, eine Wasserleitung zu legen und uns ans öffentliche Netz anzuschliessen. Das hieß: Papiere, Bewilligungen, vor allem von meinem Nachbarn. Leider gehört ihm das ganze Land rund um uns, also ich kann kommen von welcher Seite auch immer, es geht über sein Land, und der stellt immer irgendwelche Bedingungen: „Du darfst über mein Land graben, aber ich bekomme auch Wasser von Dir."

Fast zwei Kilometer, den Berg hinunter, durch den Fluss, dann wieder hoch, über die Weide haben wir gegraben, besser: graben lassen, bis wir endlich mit den Rohren auf Los Lobos gelandet sind. Die Rohre haben wir in der Mittagshitze selber gelegt, meine Frau und ich, verrückt war das.

Aber wir hatten WASSER! Ich erinnere mich noch: Als wir Wasser vom Fluss holten, um die jungen Bäume zu bewässern. Mit Fässern und einer Handpumpe standen wir im Wasser, mit dem alten

Mercedesbus und ritsch-ratsch-ritsch-ratsch. Anschließend zu Hause einen Schlauch ansaugen und los geht's, die „automatische" Bewässerung. Wir mussten unbedingt Bäume pflanzen um sagen zu können, dass wir „Agricultores" sind. Wegen Residencia (Anmeldung, Wohnrecht), Sozialversicherung, und ähnlichen bürokratischen Dinge. Wir waren Bauern, basta. Hotelbetrieb? Das kam später.

Warmwasser? Na klar mit Sonnenenergie, hier in Andalusien ein MUSS. Gesagt, getan, zwei große Paneele auf's Dach und es passt. Ja, es passt wirklich, wer sich jetzt wieder irgendeine Story erwartet hat, den muss ich leider enttäuschen, diese Anlage haben wir heute noch auf dem Dach und bringt uns, in Teilbereichen, kochend heißes Wasser.

Wermutstropfen: Es ist bereits die zweite Anlage, die erste ging bei nächtlichen minus zwei Grad kaputt, und die Versicherung zahlte keinen Cent: *Weil die Anlage im Freien stand*! Ja, wo soll denn eine Sonnenenergieanlage sonst stehen? Im Keller? Ich hätte zu Gericht gehen können, aber das bringt in Spanien so gut wie gar nichts. Also neue Paneele kaufen und Frostschutzmittel einfüllen! Es wird nur ein paar Tage im Jahr so richtig kalt, aber die genügen, um großen Schaden anzurichten, zum Beispiel erfrorene Bananenstauden.

Skilehrer im Salzbur-
ger Land (oben), Ani-
mateur auf einem
Kreuzfahrtschiff und
im Holiday Club
(links), Weltenbummler
(unten in Kanada) –
das Leben des Wolf
Zissler, bevor er in An-
dalusien hängen blieb

Oben: Grubenloch für eine Stromleitung unter der Bahn durch. *Unten:* Das Holzhausgerippe und Anfang vom Ärger

83

Oben: Rancho Los Lobos in frühen Jahren

links: Das fertige Holzhaus, heute unser „Alterssitz" auf der Ranch

unten: Eingang

Oben: Bei der Einweihung

Oben rechts:
Esther Zissler, die
begnadete Köchin,
verwöhnt ihre
Gäste – ob am
Lagerfeuer beim
Ausritt (links)
oder an der eige-
nen Hausbar

85

Oben: ein kühles Bad im Fluss während eines Sommerausrittes

links: die beiden Hunde Dana und Schnüssi

unten: Die Ranch wird verpachtet und ab gehts mit dem Wohnmobil!

ICH = MUCHO MAURER

Jeder, der eine Maurerkelle in der Hand halten kann, ist Maurer (*albanil*). Und die besseren sind dann die *Especialistas*. Wenn die alle dann nicht mehr weiter wissen, wird gefragt. „Du bist ja schließlich der Boss: C*omo lo quieres?*" (Wie willst Du es haben?). Daraufhin immer meine Antwort: „DU bist der Maurer, nicht ich. ICH will ein Dach über den Kopf haben und da darf es nicht hinein regnen, wie DU das machst, ist DEIN Problem. Der Automechaniker kann ja auch nicht MICH fragen, wie er das Auto reparieren soll. Es muss einfach wieder fahren, Ende."

„*Si, todo claro!*" Oder auch nicht. Zum Glück gibt es ein paar kluge Büchleins - damals war noch nichts mit schnell Googeln - wie ´*Mauern leicht gemacht, Zimmern leicht gemacht*´ und dergleichen mehr. Die muss man unbedingt gelesen haben, sonst steht man total im Regen.

Und man muss einen José kennen, der echter Baumeister ist und sein Handwerk versteht. So einen muss man als Freund haben, der mit Rat und Tat zur Seite steht, wenn es notwendig ist. Er war mein Freund, noch aus Esteponas Grillfeste-Zeiten. Hunderte Male bin ich schnell nach Estepona gefahren. Die Dachbalken mussten eingezogen werden. Abstand: ein Meter.

Man misst auf der einen Mauer, vom Eck angefangen: ein Meter und noch ein Meter, dann noch einer und so weiter. Am Ende bleiben nur 70 Zentimeter übrig. Aha. Man klettert auf der Breitseite-Mauer rüber auf die andere Seite der Mauer und beginnt dort wieder zu messen: Von der Ecke wieder einen Meter statt nur der 70 Zentimeter wie auf der gegenüberliegenden Seite, dann noch einen Meter und so weiter. Am Ende bleiben wieder 70 Zentimeter übrig. Eigentlich ganz klar, nur: Die Löcher waren ja nicht auf der gegenüberliegenden Seite, sondern schräg gegenüber, weil ja einmal von der einen Ecke begonnen wurde zu messen und einmal von der anderen Ecke, comprende?

Was jetzt? José, por favor!

Die Mauern bestehen alle aus Natursteinen vom Fluss und Lehm, ohne Zement, der kam später, beim Verputzen. 50 Zentimeter dick sind sie, also eine ideale Wärmedämmung: Im Winter kann man's gut aushalten ohne Heizung. Die gab es ohnehin nirgends, außer: Man macht in einer Art Waschschüssel draußen im Freien ein Feuerchen, läßt es herunter brennen, die Glut wird in dem Gefäß dann unter einen runden Tisch gestellt, Tischdecke darüber, fertig. Immer schön warme Füße ergibt das und - sonstige Körperteile.

Im Sommer, und das ist noch viel wichtiger, bleibt es schön kühl. Darum auch die relativ kleinen Fenster.

Nachteil bei diesen Wänden: Willst du ein kleines Loch rein stemmen, um zum Beispiel ein Bild aufzuhängen, hast du ganz schnell ein riesiges Loch von einem Quadratmeter, weil dir die losen Steine entgegen kollern.

Noch schwieriger ist es, eine Strom- oder Wasserleitung zu legen. Stemm´ mal in einen Granitstein! Von Hand! Strom gab's ja ohnehin noch nicht.

Und woher kommt der Beton, den wir für's Dach brauchen? Na klar, Muskelkraft ist gefragt: Es beginnt beim Wasserholen aus dem 14 Meter tiefen Brunnen, mit einem Rad (der einfachste Flaschenzug) und einem Seil. Eimer für Eimer, am besten in der Mittagspause, wenn die Maurer Siesta machten, füllte ich die Wassertonnen auf.

Dann also „bäckt" man den Beton, so erkläre ich es am besten: Man macht einen großen Haufen von Sand und Kieselsteinen, schmeißt einen 50 Kilogramm schweren Zementsack darauf, vermischt alles schön. Dann wird mindestens dreimal hin und her geschaufelt, danach ein schöner vulkanartiger Kegel geformt und in der Mitte ein großes Loch wie bei einem Vulkan gelassen. Da hinein kommt Wasser, und jetzt wird immer rundum das Wasserloch zugeschüttet, noch ein paar Mal hin-und her geschaufelt – fertig ist der Beton. Eimer für Eimer wird er dann auf's Dach gehievt - und davon hab ich meine RÜCKENSCHMERZEN...

Später, als wir Strom hatten, schenkte ich meiner Frau eine Betonmischmaschine. Sie war immer dabei, zum Beispiel auch beim Ausfüllen von Fugen, wenn wir irgendwo Bodenplatten verlegt hatten.

Jedes Jahr kam ein Stück Gebäude dazu, Mama und Papazimmer zum Beispiel, die wir unseren Eltern gewidmet hatten. Diese beiden Zimmer hatten Dusche und WC dabei, war ja auch neu gebaut. Dann kam das Appartement dazu: Wo sollen wir anfangen? Na hier, da steht ja schon die Toilette, da bauen wir einfach das Appartement drumherum und ersparen uns einen Arbeitsgang. Dieses „WC im Freien" installierten wir für die „Neckermänner". Die Jeep-Safari-Gruppen, die zu uns zum Mittagessen kamen. Sie kamen von den Hotels an der Küste und verbrachten ein paar gemütliche Stunden bei uns.

„Warum sind eigentlich die Türen bei Euch so niedrig?", war eine häufig gestellte Frage an uns. „Na, weil die Andalusier kleine Leute waren," so unsere Antwort. Am Anfang ging ich nur mit eingezogenem Kopf und Buckel herum. Ständig hat man sich die Birne angestoßen. Bei unserer Bartür ist es immer noch so, die anderen Eingänge konnte ich durch Torbögen verbessern.

Im August wird es heiß, sehr heiß, und noch heißer auf dem Dach: betonieren, dann die Dachziegel darauf. Alle halbe Stunde musste ich runter, zum Brunnen, mir einen Eimer Wasser über den Schädel schütten, am liebsten hätte ich den ganzen Eimer ausgesoffen. Aber ich hatte so viel Energie, ich kannte keinen Schmerz, wollte nur fertig werden.

Die Belohnung kam abends: waschen (im Eimer, klar), rein ins Auto und ab ins Dorf. Wir hatten ja noch keinen Strom und somit auch kein kaltes Bier! Nur schnell hoch zur „Bodega", schon beim Eingang gab ich meine Bestellung auf: „Dos cervezas grande, por favor!" Das erste Krügel Bier von einem halben Liter trank ich immer ex, dann erst kam der Genuss.

Und dazu: Pollo frito, gebratenes Hühnchen – unvergesslich! Es wurde Abend, schön langsam wurde es etwas kühler, eines geht noch, aber dann müssen wir heim, wir müssen morgen wieder früh raus, die Kühle des Morgens ausnützen. Wasser und Sandhaufen herrichten, wenn die Maurer kommen, um acht Uhr, dann ist schon alles bereit für sie.

Es war viel und harte Arbeit, es hat trotzdem Spaß gemacht und es hat sich gelohnt.

P P P....

PAPELES – PERMISOS—PETICIONES

Die gute alte Zeit ist auch in Spanien endgültig vorbei. Ich durfte sie noch erleben, in der zwar auch jede Menge Papierkram erforderlich war, aber es galt: aus dem Unmöglichen das Mögliche zu machen. Keiner kannte sich so richtig aus, trotzdem gab es meist irgendwohin einen Stempel, ein paar Peseten waren zu bezahlen, vielleicht sogar noch eine persönliche Inspektion und gut war's.

Es ist ganz klar, dass man eine Lizenz braucht, will man ein Hotel eröffnen. Man geht zum Rathaus und zur Junta de Andalucía, auch zum Ministerio de Turismo. Die kamen zur ersten Inspektion, mit einer ellenlangen Liste, was so alles „Pflicht" ist, beziehungsweise nicht sein darf. Wohlgemerkt: Mein Hotel besteht aus einem 100jährigen Bauernhaus, ebenerdig, mit ein paar Zimmern, Strom, Wasser dabei, maximal für 10 Gäste.

Ein Hotel brauche eine *Recepcion*, und zwar als eigenen Raum. - „Ja, bitteschön, ich hab doch nur sechs Zimmer, keine Schlüssel dazu und auch keinen eigenen Raum. Soll ich irgendwo eine kleine Hundehütte hinstellen, ein paar Schlüssel reinhängen und einen Rezeptionisten rein setzen?" - „Tut mir leid, steht auf meiner Liste", so der prüfende Mensch.

Lösung: Man nehme ein Stück Brett, schreibe darauf *Recepcion* und hänge es im Frühstücksraum auf. Es gibt keine Vorschrift, dass man nicht in der Rezeption essen darf!

„Mindestens ein Bidet muss sein." - „Ja, sag einmal, ein Bidet, das gibt's in Frankreich in den Nobelhotels, wir sind eine Ranch! Rustico! (ländlich)" - „Tut mir leid, in einem Badezimmer muss ein Bidet hin, ich komme in einem Monat wieder und werde kontrollieren." Unsere Lösung: Neben der Toilette verläuft zwangsläufig das Abflussrohr: Man mache ein kleines Loch und leite das Abflussrohr des Bidet hinein. Ein T-Stück für Kaltwasser – fertig.

Der Herr Inspektor kam, der war ja schlau und traute seinen „Kunden" nicht so ganz. „Wasser aufdrehen, bitte". Kein Problem, Wasser rinnt. Er: „Gut gemacht." Nach 14 Tagen hab ich das Bidet wieder heraus gerissen und das Loch zugeschmiert. Bis heute.

„Notlicht muss sein, wenn der Strom ausgeht, dann muss dieses Notlicht angehen." - „Ja, aber wir haben noch gar keinen Strom, da müsste das Lämpchen den ganzen Tag brennen?" - Hmm, das ist allerdings ein Problem, auf seiner Liste steht's drauf, es steht aber nirgendwo, dass ein Hotel 220 Volt Strom haben muss.

Üblicherweise hat man Strom, das ist schon richtig, aber zwingend...?

Lösung: Man kauft sich eine längliche Batterietaschenlampe, die eine Lichtröhre hat, kein kleines Lämpchen, nehme ein Stück Draht und binde es über dem Eingang fest. Wenn der Strom ausfällt, knipst man die Lampe an und man hat Licht in des Daseins Dunkel.

„FLUCHTWEGPLAN IM FALLE VON FEUER: ist Vorschrift. Die Gäste müssen sehen können, wohin sie fliehen sollen, wenn es einmal brennen sollte." - „Sehr gut, wir haben weder lange Gänge noch Aufzüge wo man stecken bleiben könnte." - „Es muss aber in jedem Zimmer ein *Fluchtplan* hängen!" - „Ja, aber bitteschön, bei uns macht man die Zimmertür auf, macht EINEN Schritt und ist draußen, im Freien – man ist gerettet!"

Lösung: Man nehme ein Blatt Papier, male einen dicken Pfeil in die eine oder andere Richtung, dazu vier Reißnägel und hefte den Zettel auf die Rückseite der Tür. Bravo, jetzt können alle getrost einschlafen, da kann nix mehr passieren.

POOL: Will man einen Pool für Gäste betreiben, also nicht für private Zwecke, muss man natürlich um eine Bewilligung ansuchen, dann ein Protokoll führen bezüglich pH- und Chlorwerten etcetera, ab einer bestimmten Größe muss man einen Bademeister anstellen, der den ganzen Tag am Pool sitzt und die Gäste beobachtet. Bei maximal 10 Gästen und einer Wassertiefe von 1,50 Meter etwas übertrieben, finden Sie nicht?

Lösung: Am besten man hat überhaupt keinen Pool sondern nur ein Wasserdepot im Falle von Feuer oder Wasserreserve für die Pferde und ähnliches. Ein Schild „BADEN VERBOTEN" muss natürlich schon aufgestellt werden. Wenn dann doch so ein unverschämter Gast ins Wasser hüpft, ist das sein Problem, der ist nur ausgerutscht, oder?

Als wir den Tennisplatz gebaut hatten, kamen riesige Baumaschinen angefahren, Straßenbaumaschinen, die Asphalt ausbreiteten. Ist eine ganz schön große Fläche - wir haben ihn grün gestrichen, man sieht ihn kaum...

Umbau eines Schweinestalls, eines Kuhstalls, Hühnerstalls - das sind alles keine Neubauten, daher muss auch kein Architekt und Statiker hinzugezogen werden, kostet nur unnötiges Geld. Aber wir haben die Doppelzimmer und Appartements gebraucht. Februar ist die beste Bauzeit: schön kühl und keine Gäste.

Lassen wir das, es wird nix mehr gebaut, Aus, Schluss – außer unserem Holzhaus, das ist ja was anderes...

ALTERNATIVENERGIE IST ANTIZYKLISCH

Jeden Mittwoch kamen die „Neckermänner", so nannten wir die Gruppe von Gästen, die von der Costa, aus Torremolinos und Umgebung mittels Jeeps („Jeep-safari") durch das wilde Hinterland Andalusiens zu uns zum Grillfest kamen. Ach, wie waren die immer froh, raus zu kommen aus den Hochhäusern und überfüllten Gassen mit einem Souvenirladen nach dem anderen, und rein in die herrliche Natur mit Korkeichenwäldern und Rinderweiden. Flüsse durchfahren und auf staubi-gen Straßen so richtig Gas geben. Das war ein Erlebnis, anstelle den ganzen Tag faul am Strand herumliegen!

Auf **Rancho los Lobos** gab´s Mittagessen vom großen Grill, Kotelett, Kartoffelsalat, Brot und Vino tinto. Das entdeckten auch die Radlfahrer von „Terra-nova". Die machten eine begleitete Rundreise durch Andalusien, kamen von Ronda zu uns, hatten somit 60 Kilometer in den Radlerbeinen und freuten sich eben-falls tierisch auf das Essen vom Grill. Dann noch schnell in den Pool hüpfen, und weiter ging´s bis Algeciras, in ein Vier-Sterne-Hotel.

Vorher gab's aber immer noch meinen Vortrag, auf den schon alle mit Ungeduld gewartet hatten. Um nicht jedem einzeln antworten zu müssen, kam immer mein großer Auftritt und Antworten auf all die brennenden Fragen: „*Wie lange seid ihr schon hier, was macht ihr, wie habt ihr gebaut, wo bekommt ihr Strom und Wasser her...*" Alles Dinge, die meine Leser von diesem Büchlein schon wissen.

Außer meine Erfahrungen über die sogenannte „Alternativenergie". Damals wurden die „Grünen" gerade gegründet und bekannt, dass es diese Bewegung überhaupt gebe.

Ich habe schon früher erwähnt, dass ich „autark" leben wollte, also mit Hilfe von Sonne und Wind. Leider funktioniert das nicht so leicht, da die benötigte Energie nur „antizyklisch" zur Verfügung steht, das heißt, wenn man sie braucht ist sie nicht da!

- <u>Sonnenenergie</u>, Paneele, zum Strom erzeugen: Wann braucht man den meisten Strom? Na, im Winter, wenn es draußen kalt ist, die Tage kürzer werden und wir im Haus fernsehen wollen. Genau dann ist meist der Himmel bedeckt, also keine Sonne = kein Strom.

Im Sommer: Da scheint die Sonne den ganzen Tag, jede Menge Strom, nur brauchen wir keinen, denn es ist bis fast 11 Uhr nachts hell in Andalusien und wer will da schon fernsehen!

- <u>Windenergie</u> zum Wasserpumpen: Wann brauchen wir das meiste Wasser? Na, im Sommer, wenn es trocken und heiß ist – meistens ist es aber dann auch windstill, also kein Wasser. Im Winter, wenn viel Wind, sogar ein Sturm bläst, ja, da gibts viel Wasser, das Windrad dreht sich wie verrückt - nur, um diese Zeit regnet es meist ohnehin, also brauche ich kein Wasser zum Bewässern! Ist doch logisch, oder?

Nur bei einer Enegieerzeugungsart stimmt's: aus einem Windrad Strom erzeugen: Wann brauchen wir viel Strom? Antwort: im Winter. Wann bläst der Wind am stärksten? Im Winter. Richtig – hier passt's!! Und an diesen Tatsachen hat sich bis heute nichts geändert, auch wenn es heute „erneuerbare Energie" heißt.

Diese Grill-Mittage haben wir praktisch so „nebenbei" gemacht, für 30 Leute grillen ist doch Pipikram, machen wir mit links. Das normale Reit- und Hotelgeschäft lief ja weiter.

Die meiste Arbeit ist die Vorbereitung: Berge von Fleisch würzen und marinieren, Kartoffeln kochen, schälen, eine Riesenschüssel Salat machen, Brot und Melonen schneiden und Getränke herrichten. - Wohlgemerkt, für die Hotelgäste wurde extra gekocht. Angefangen hatten wir mit Vollpension, das wurde dann auf Halbpension reduziert und schließlich kann man heute frei wählen, wann und was man gerne essen möchte.

Lustig war nur, dass unsere Hausgäste, die sich eigentlich „gestört" hätten fühlen können, total neugierig waren auf diese Neckermänner. Sie waren stolz, hier zum Rancho dazu zugehören. Die Ranch gehörte quasi ihnen. Und als die Gruppe wieder weg war, kam ein großer Seufzer der Erleichterung: Endlich sind sie wieder weg und wir haben unsere Ruhe.

Dann kam das Aufräumen und der Abwasch. Und um sechs Uhr abends musste Wolf noch einen Ausritt machen, und Esther war schon wieder in der Küche.

Esther ist eine begnadete Köchin! Sie kocht gerne, und das sieht man. Wir hatten einen „Routinespeiseplan" für drei Wochen, wenn man so will, aber mit vielen Variationsmöglichkeiten.

Es sollte von überall ein bisschen sein: andalusisch, wie Albóndegas (Fleischbällchen) Paella, Fisch oder Hähnchen in Knoblauch, italienisch, aber auch österreichisch-deutsch, warum nicht: wenn es Schnitzel gab: „Ach, ist heute Sonntag? super. Es geht halt nichts gegen ein schönes Schnitzel."

Spezielle Abende: Eine Flamencogruppe kam zu uns. Sie bestand praktisch nur aus den Leuten, Nachbarn vom Dorf, 30 Mann. Die hatten einfach Spaß, ihr „poropopo..." zu trällern. Ein bisschen Trinkgeld und die Welt war in Ordnung. Wir machten ein „Poolfest" draus: Verschiedene Tische wurden rund um den Pool aufgestellt, auf jedem Tisch eine andere andalusische

Spezialität angerichtet, wie Gazpacho, Oliven, Knoblauchbrot frisch aus dem Ofen. Rinnt das Wasser im Mund schon zusammen? Gut, ich höre ohnehin auf.

Nicht zu vergessen unsere Grillabende, entweder am großen Grill im Innenhof (siehe Neckermänner) oder hinter dem Tennisplatz in meinem „Kanadawald": Lagerfeuerromantik mit Grillen oder andalusischen Eintopf mit Kichererbsen, Chorizos (Würste), Fleisch und Gemüse)– superlecker! Da kann man gar nicht aufhören zu essen.

Und der Vino tinto war immer dabei...

Tja, mein Kanadawald und meine Sehnsucht nach Kanada. Vier Mal waren wir drüben, es ist einfach immer wieder schön. Unser kleiner „Kanadawald" mit der Feuerstelle soll uns immer daran erinnern, was wir in Kanada erlebt hatten. Also auf der Ranch haben wir alle Bäume selber gepflanzt, Eukalyptus und Pinien. Mühsam mussten Wassereimer geschleppt werden, um die jungen Bäume zu bewässern. Die Sommer sind sehr heiß und es gab keine Wasserleitung. Hahn auf und es rinnt, war später.

Heute ist es ein richtiger kleiner Wald geworden. Oft setze ich mich dorthin und genieße die Ruhe und den Schatten.

Obstbäume hatten wir auch gepflanzt. Ich erinnere mich noch, als wir in die Gärtnerei gingen und junge Bäume kauften, nur *welche* wusste ich nur zum Teil, denn ich kannte die spanischen Ausdrücke nicht. Wichtig war nur, ob sie Früchte tragen werden: „Si!" Na, das genügt doch, lassen wir uns überraschen , und wir wurden überrascht: Da hatten wir Nisporos und einen Quittenbaum, einen Birnbaum mit den kleinen Haferbirnen, Apfelbaum, Pfirsich und Nektarinen, aber auch zwei Kirschenbäume. Die blühten auch jedes Jahr und setzten zum Teil Früchte an, aber als es dann so weit war zum Ernten, war nichts mehr darauf außer einer einzigen schönen, roten Kirsche! Esther und ich haben uns diese edle Frucht redlich geteilt.

Jeder durfte einmal beißen. Dann haben wir den Baum umgehackt.

KANADA -

WAS WILL DER BÄR IM WOHNMOBIL?

Nach 15 Jahren harter Rancho-Arbeit genehmigten wir uns den ersten Urlaub: Wir fuhren für eine Woche nach Lissabon. Jupp, ein Stammgast und guter Freund, übernahm für diese Zeit das Hotel. Es war damals nicht allzu viel los und das Wetter passte auch.

Das Problem zum Urlaubmachen lag bei uns nicht am Geld, sondern dass wir immer eine gute Urlaubsvertretung haben mussten. Wer füttert die Pferde, den Hund, die Katzen, und auch die Gäste? Wer kann schon kochen, reiten, Spanisch, Gäste betreuen, Briefe schreiben und hat auch die Zeit dazu?

Unser zweiter Urlaub dauerte schon etwas länger: Zwei Wochen Heimaturlaub, und die Eltern von Esther übernahmen. Das fing schon gut an, denn in der ersten Nacht büchsten die Pferde auf der Weide aus, übersprangen den Zaun und weg waren sie. Der arme Vati, ausgerechnet ihm musste so etwas passieren. Wo waren die Pferde? Sie standen beim Nachbarn. Das war noch einmal gut gegangen. Da hatten am Vortag die Leute von der Telefonica den Zaun durchtrennt, um besser arbeiten zu können, ihn aber nicht wieder fest gemacht, und schwups, weg waren sie.

Später mussten wir Anzeigen aufgeben: Wer möchte für die Sommermonate die Ranch übernehmen? Freies Wohnen, reiten, Taschengeld und Umsatzbeteiligung. War nicht leicht und zum Teil auch sehr enttäuschend, aber wir konnten doch losfahren und Urlaub machen. Aus einem Monat wurden im nächsten Jahr zwei Monate, dann drei. Jetzt ist die Finca verpachtet und wir können losfahren, wann immer wir wollen - rein theoretisch.

Also, dann auf nach Kanada: zwei Mal British Columbien, einmal Yukon, einmal Ontario/Quebec.

Absolute Höhepunkte sind diese wunderschönen, blauen Seen, unbesiedelt, keine Häuser, kaum Boote, kaum Menschen (wenn ich da an den Attersee denke...). Und die großzügigen Campingplätze. Ein Feuer gehört einfach dazu - das habe ich für zuhause übernommen -, mitten im Wald, fernab jeglicher Zivilisation. Wir waren in *Atkins* mit einem kleinen Hausboot unterwegs, mitten drin in der Wildnis. - Wo sind die Bären? Das A und O jeder Kanadareise. Aha, hier ist der erste, stopp! Gleich neben dem Highway frisst einer gemütlich das Gras, schert sich um nichts, was da um ihn herum passiert. Autos stoppen, Leute steigen aus mit den Kameras. Na ja, sind trotzdem Wildtiere. Die meisten Bären sieht man tatsächlich eher neben der Autobahn als im tiefen Wald.

Wir fahren und fahren, kein Bär zu sehen, wir werden müde und suchen nach einem geeigneten Schlafplatz für die Nacht. Hier, rechts abbiegen, rein in den Wald, kein Campground, nur eine stillgelegte Kiesgrube. Ideal war das, ebenes Gelände und rund um uns Bäume. Jetzt aber schnell Feuerchen machen und den selbst gefangenen Fisch - ja, hie und da war ich sogar erfolgreich mit meiner Angel - auf den Grill, wie die echten Goldgräber, oder? Es schmeckt, den Abfall schön in einer Plastiktüte versorgen, ja nicht einfach in die Natur schmeißen, das lockt Bären an! Die Mücken werden zusehends lästig, gehen wir lieber rein ins Wohnmobil. Ein Fläschchen Wein geöffnet, und die Welt ist in Ordnung. Wir schlafen ein.

Plötzlich werden wir unsanft geweckt: Das ganze Wohnmobil schaukelt hin und her. Was ist denn jetzt los, sind wir auf einem Schiff? Da höre ich auch schon das Zerreißen des Moskitonetzes bei dem kleinen Fester vorne rechts, das offen war. Plötzlich bin ich hellwach, springe aus dem Bett: EIN BÄR, und der will zu uns ins Wohnmobil, wahrscheinlich dank seiner superfeinen Nase zu den Resten unseres gestrigen Fisches.

Heldenhaft bewaffne ich mich mit einem Besenstil, das Herz schlug mir bis zum Hals, die Hose war voll, ich gebe es zu: Ich hatte Schiss. „Esther, Esther was soll ich tun?"

In solchen Situationen frage ich immer lieber meine Frau. Die liegt aber immer noch im Bett und lacht sich krumm und schief, später sagte sie: „Schade, dass ich keinen Fotoapparat bei der Hand hatte". Das bedauerte ich später auch, aber in dem Moment dachte ich sicher nicht ans Fotografieren. Aber an einen *Haistock*, erfunden von *Hans Hass,* (die älteren Semester unter Ihnen kennen ihn bestimmt, der Erfinder der Tauchermaske und erste echte Meeresbiologe). Ich bin, war selber Taucher, darum kenne ich den guten Mann und seine Bücher. Zur Erklärung: Ein Haistock ist ein ganz normaler Stock von ein Meter Länge mit einem spitzen Nagel am Ende. Greift ein Hai an oder kommt nur einfach etwas zu nahe, stupst man das Tier mit der Spitze an seine empfindliche Nase, und der Hai dreht ab - so Gott will.

Ob das wohl bei den Bären auch so funktioniert? Oder vielleicht wird der pelzige Kerl böse, angriffslustig, wild, was weiß ich. Wenn der Bär plötzlich unbedingt durch das kleine Fester will? Der zerhackt uns das ganze Wohnmobil, das besteht ja praktisch nur aus Sperrholzplatten. Soll ich ihm mit dem Besenstil eins auf die Nase geben? Dieselbige war nämlich schon mit dem halben Kopf im Innenraum und schnüffelte ganz angeregt herum und suchte wahrscheinlich die Fischreste.

Da fiel mein Blick auf die Zündschlüssel, die immer allzeit bereit unter dem Lenkrad steckten, man weiß ja nie... Und gut war es, denn ich setzte mich schwups ans Steuer, - hoffentlich startet der auch gleich - nicht den Motor absaufen lassen - Batterie? Müsste eigentlich voll geladen sein, also, einfach Schlüssel umdrehen und abhauen – bruummmm - und Gas geben. Ja! Der Bär fällt rechts hinunter, nichts ist ihm sonst passiert – uns auch nicht. Meister Petz hat sich sicher gewundert, warum sich plötzlich alles bewegt und sein Fisch, auf den er sich sicher gefreut hat, davon schwimmt.

Es war ein relativ kleiner Bär, der da von dannen trottete. Wieder einmal mit dem nackten Leben davongekommen! Wenn man in Kanada spazieren geht, trifft man des öfteren Meister Petz, für die Kanadier ein alltägliches Ereignis, für uns Touristen ist es jedes Mal ein Riesenerlebnis mit irgendwie Muffensausen verbunden, man weiß es ja nie.

Die Statistik von Haiangriffen sagt folgendes: Zu 90 Prozent sind die Haie von Natur aus ungefährlich. Bleiben 10 Prozent übrig. Davon sind wieder 90 Prozent gerade nicht hungrig oder angriffslustig, bleiben wieder 10 Prozent übrig. Von diesem Rest gibt es wiederum eine Wahrscheinlichkeit von 90 Prozent, dass sie *nicht* tatsächlich und direkt angreifen. Bleibt EINER übrig - und der FRISST DICH! Schöne

Aussichten.

Natürlich hatte ich das Büchlein von *Rainer Höh: Sicherheit in Bärengebieten* gelesen als Reise-knowhow. Und noch einige andere, auch wurden immer wieder Gespräche geführt, wie man sich am besten verhält, im Falle eines Falles ...

Eines ist klar: Davonlaufen und auf Bäume klettern bringt gar nichts. So weit ist man sich einig. Der Rest ist diskussionswürdig: Auf den Bären zugehen und ihm tief in die Augen schauen - oder Lärm machen und wild gestikulieren - oder sich auf den Boden kauern und nicht bewegen - oder wagemutig entgegentreten und ihm Pfefferspray ins Gesicht blasen.

Wir haben einige Bärenbegegnungen erlebt – und alle überlebt. Das Herz schlug immer etwas schneller und die Hose - na ja, lassen wir das. Aufregend war's immer. Und herzig waren sie auch, die zwei kleinen Bärenkinder mit ihrer großen, dicken Mammi. Die Kleinen wollten partout nicht ins Wasser, der eine blieb oben am Rand, flutsch, ist er abgerutscht und lag im kalten Wasser. Zum Schreien, herrlich.

Das war in Haines, einer schwer zugänglichen Enklave, gehört zu Alaska. Dort könnte man den ganzen Tag trinken, die Kneipen sind Tag und Nacht geöffnet, denn es ist so eine Art zollfreie Zone. Dort wird es in den Sommermonaten nie dunkel, und die ganze Nacht wurde über Lautsprecher dasselbe Lied gespielt:

„North to Alaska"

Wer ein echter Cowboy sein will und den Wilden Westen liebt, der muss nach **Dawson City**. Ein unbeschreibliches Erlebnis. Die ganze Stadt ist ein Dorf wie im Film, mit Post-office, Bars, Hairdresser, Saloons und Hotels. Letzteres eher eine Wanzenburg, wir gönnten uns eine Nacht. Das Zimmer hatte keine Fenster, es gab nur einen Blick auf die Rumpelkammer. Ein feuchter Mief lag in der Luft, und es begann überall zu jucken: nur raus aus dem Loch, Nostalgie hin oder her.

Aber der Honky-Donkey-Joe hämmerte in die Klaviertasten – das entschädigte für alles. Absolut urig ist der Campingplatz auf der anderen Flussseite des Yukon, da gibt es eine Sauna, in der man sich selber einheizen muss und sich dann gegenseitig die Wassereimer übergießen muss. Ja, so waren's die alten Rittersleut – o pardon, ich meinte die Golddigger natürlich.

Was mich am meisten beeindruckt hat, das waren aber die schönen Holzhäuser – und in mir kam ein Gedanke hoch, der ich nicht mehr losließ:

So eines will ich auch haben!

HOLZHAUS – GLÜCK UND DRAMA

Das wäre es doch, in so einem Holzhaus zu wohnen. Der Gedanke ging mir wie gesagt nicht mehr aus dem Kopf. Man würde sich fühlen wie in Kanada, wäre aber im schön warmen Andalusien. Wir wollten ohnehin einen kleinen Anbau machen, um über mehr Einzelzimmer zu verfügen. Das Geschäft lief nämlich gut, wir hatten viele Wandergruppen, zum Beispiel die Wikinger-Reisen. Das war eine schöne und interessante Zeit, ich war Wanderführer, obwohl ich eigentlich zu faul dafür bin, normalerweise spiele ich lieber drei Stunden Tennis am selben Platz.

Nach ein paar Jahren war es wieder vorbei mit den Gruppenwanderungen, und wir mussten uns anderweitig orientieren. Wir wollten keine Einzelzimmer bauen, sondern einen Schuppen von circa zehn mal fünf Metern. „Anexo" wie man in Spanisch sagen würde, um Geräte aufzubewahren, zusätzlich auch eine neue, größere Sattelkammer. Ganz einfach aus Hohlblocksteinen und ein Wellblechdach darauf. Auf zum Rathaus und Genehmigung holen, hieß es wieder!

Miguel kannte mich schon seit Jahren, denn ich war ja ständig am Herumbasteln und Bauen. Bis jetzt gab es auch nie Probleme, Taxen bezahlen und Stempel rein, fertig. Leider war es diesmal nicht so leicht, denn in der Zwischenzeit wurde ein *Parque Natural,* ein Naturpark, gegründet, wir plötzlich mittendrin und somit ist auch diese Behörde für die Baugenehmigungen zuständig.

Der Parque Natural de los Alcornocales

ist eine wunderbare Einrichtung, denn er schützt die Natur, begrenzt die Bautätigkeit, bewahrt die andalusische Tradition und kümmert sich um die Korkeichen, die immer noch von Hand mit einer Axt geschält werden müssen. Dann werden sie verladen auf Mulis und Esel, für Lastwägen gibt es erst weiter unten Platz, an der Sammelstelle. Die Korkeichenschäler arbeiten im Team. Sie ziehen in die Wälder, leben eine Zeitlang dort - das merkt man meist an den hinterlassenen Müllhaufen, leider - und werden nach Gewicht der Ernte bezahlt.

Aus den großen Korklappen werden in einer speziellen Fabrik Korken für Weinflaschen gestanzt, oder der Kork wird klein gerieben, mit Bindemittel gemischt, gepresst und in Scheiben geschnitten. Das sind dann die Korkmatten, die es überall zu kaufen gibt.

Alte Korkeichen sind übrigens wunderschöne, knorrige Bäume. Nach dem Schälen alle acht bis zehn Jahre sind sie hell, rehbraun könnte man sagen. Dann werden sie dunkler, fast schwarz bis dunkelbraun. Die Farbe sollte später noch eine Rolle spielen, für mein Holzhaus!

Doch erst einmal legten wir einen freien Tag ein und fuhren ans Meer, nach Bolonia am Atlantik, nördlich von Tarifa, mit unendlichem Sandstrand, hohen Wellen und römischen, sehr gut erhaltenen Ausgrabungen, die es dort zu bestaunen gibt.

Der Weg lohnt sich wirklich, auch für uns „Einheimische", besonders zum Fischessen in den kleinen Bars, die windgeschützt und mit Blick aufs Meer liegen.

Man kommt irgendwie ins Träumen, vor dem geistigen Auge sieht man die Segelschiffe und Galeeren der alten Römer vorbeifahren, muss sicher einmal ganz spannend gewesen sein. Fehlen nur noch Asterix und Obelix....Aber uns interessierte in erster Linie das kalte Bier und der *pescado a la plancha,* der frisch aus dem Wasser kommt.

Ich schaute nach links, schaute nach rechts, genoss die Sonne – und da sah ich es stehen: ein großes Holzhaus, eine Strandbar. Alles aus Holz, schön gemacht wie in Kanada. Schnell schlang ich den Fisch hinunter und lief los, zu dieser Hütte. - Geschlossen! Ach, da hinten stand noch eines und dort werkelte einer herum. Er sprach Deutsch und mit seinen beiden Brüdern hatte er schon viele Holzhäuser gebaut, erfuhr ich.

Beste Qualität, kommt aus Deutschland, Baugenehmigung brauche man nicht, weil diese Häuser nicht als Immobilie gelten, also fest mit dem Boden verbunden, sondern als mobil, das heißt, wenn sie auf Betonpunkten oder Pfeilern ruhten und so jederzeit abgetragen oder versetzt werden können.

Die drei Brüder meinten aber damals, als wir den Vertrag fertig machten, dass das Hausbauen ruckzuck über die Bühne ginge, in 14 Tagen das Ding stehe und keiner etwas mitkriege, vor allem nicht die Behörden.

Na ja, wir haben's geglaubt...

Die meisten Teile würden also schon vor Ort bei den Brüdern vorgefertigt und bei mir nur noch zusammengesetzt. Prima, die erste Depotzahlung wurde fällig: eine Million Peseten bei Vertragsunterschrift (ja, hier konnte man schnell zum Millionär werden, der Umrechnungsfaktor zum Euro war ungefähr 6:1), die zweite Million bei Baubeginn.

Doch es kam ganz anders.

WIRD MAN AUS SCHADEN KLUG?

Es war im August, als wir den Vertrag unterschrieben, im Jänner sollte Baubeginn sein, denn die Grabarbeiten und Betonpfeiler waren unsere Aufgabe. Her mit dem Bagger, schöne große Löcher graben. damit wir sie dann mit Beton ausfüllen können – alles haargenau im Lot, Wasserwaage, Schnüre spannen, Klötze in die Erde usw.

Die Löcher waren gegraben, wir warten auf den Fertigbeton – v o r dem Beton kam aber der Regen: Alle Löcher waren voll mit Wasser, Schlamm überall, klebriger Dreck an den Gummistiefeln - „bloody hell" hat er geschimpft, der Chris, mein englischer Nachbar, der mir geholfen hatte. Ich glaube das Wort „shit" war auch noch dabei. Jedenfalls, und das ist das Schöne in Andalusien, der Himmel ist nie zu lange böse auf einen, die Sonne kam wieder, wir mussten das Wasser aus den Löchern per Eimer schöpfen, dann dicke, große Felsbrocken reinplumpsen lassen. Der weiche Dreck spritzte bis in unsere Gesichter hinauf, wir sahen aus wie Grubenarbeiter beim Kohleabbau. Aber wir haben es hingekriegt, alle acht Sockel gut verankert in der Erde, oben überall schön glatt gestrichen und auf gleicher Höhe sogar.

Die Häuslebauer könnten kommen! Sie kamen aber nicht. Unzählige Telefonate und Besuche folgten. ´Ja, nächste Woche´, das kennt man ja. Das waren *keine Spanier,* sondern *Deutsche!* Dann wurden die Fenster aus Deutschland geliefert. Gott sei Dank: gute Qualität, doppelglasig, verschiedene Öffnungsmöglichkeiten, super. Blöderweise hab ich die große doppelte Glaseingangstür nicht mitliefern lassen, weil ich nicht genau wusste wohin mit dem Zeug, ohne dass irgend ein Pferd da rein trampelt. Ich ließ die Tür bei den Brüdern, könnten wir ja später liefern lassen – und das war leider ein großer Fehler. Diese Türe habe ich nie gesehen...

Die Woche darauf, es war inzwischen Januar, wollten sie kommen. Ich hatte meinen „Hauselektriker" Peter Rausch mit seiner Frau Hannelore aus Hessen eingeladen. Der Mann ist das beste, was mir je passiert ist: Der kann alles, ob schreinern oder mauern, Elektrik sowieso, ist Ingenieur gewesen, jetzt im Ruhestand. Wenn man nur den Gedanken ausgesprochen hatte, „an dieser und jener Stelle wäre eine Steckdose nicht schlecht", schwups, am nächsten Tag, noch vor dem Frühstück, war die Dose schon drin und funktionierte!

Der arbeitete den ganzen Tag, aber nicht im „Stundenlohntempo", wenn Sie wissen, was ich meine. Am Abend, nach sechs Uhr, zog er seinen Trainingsanzug an, nahm zusätzlich noch zwei Steine in jede Hand, nach dem Motto: „Die Finger müssen ja auch trainiert werden" und rannte 10 Kilometer den Berg hoch, zur Relaisstation der Telefonica und wieder zurück, ging dann duschen und wartete aufs Abendessen.

Und dieser Peter stand mit seinem Werkzeug im Anschlag und wartete, bis endlich der Rohbau so weit fertig wäre, damit er mit seinen Elektroleitungen und Rohren anfangen könnte.

Der Tag X

Endlich kam der Tag X: Ein kleiner Lkw fuhr vor, ein paar Bretter und Latten wurden abgeladen, zwei Mann stiegen aus, bewaffnet mit einem Hammer und ein paar Nägel, vielleicht auch noch einer Wasserwaage. Gerhard, einer der drei Brüder und ein Hilfsarbeiter, der jetzt witzigerweise Polizist in unserem Dorf, ist.

Na, da war ich mal gespannt, wie das weitergehen sollte. „Warum sind die anderen Brüder nicht gekommen, Ihr wolltet doch in 14 Tagen fertig sein?" Tja, der eine sei verhindert und der andere krank. Aber die zweite Million Peseten wollte er haben, war ja so vereinbart, bei Baubeginn. Ansonsten ginge es nicht weiter. Mein Einwand: „Ja, aber es war auch ausgemacht, dass das gesamte Material am ersten Tag bei mir abgeladen wird!". Dagegen wurde argumentiert, dass bei den Baustellen immer so viel verschwinde, es sei besser nach und nach das Material anzuliefern.

ICH TROTTEL HAB ZU ALLEM JA GESAGT UND DIE ZWEITE MILLION auch noch gezahlt. Sonst wäre ja vielleicht die erste Million sowieso weg gewesen und gebaut wäre auch nicht geworden, wer weiß?

Es wurde weiter gebaut, aber, wie man sich vorstellen musste, sehr zaghaft und langsam. Klar mit zwei Mann, die erst um 11 Uhr kamen und spätestens um 17.00 Uhr wieder abhauten, mit einer Stunde Mittagspause dazwischen! Dass wir gekocht haben vor Wut, kann man sich vorstellen, nützte aber nichts. Diesem Gerhard „eine in die Schnauze hauen" hätte ja auch nichts gebracht, außer einer gewissen Genugtuung.

Dann, nach einigen Wochen, stand ein Holzhausgerippe da, ersparen Sie mir die Details. Windschief, nichts passte so recht, der Zorn unsererseits wuchs. Und dann kam einfach keiner mehr, aus.

Guter Rat war im wahrsten Sinne des Wortes teuer. Sich bei einer Verbraucherzentrale beschweren sei billiger als einen Anwalt zu beauftragen?

Ja, da mussten wir zuerst Mitglied werden und wieder ein paar Peseten bezahlen. Es wurde von dort sogar ein Drohbrief geschrieben, und es kam auch eine Antwort: „Man hat uns mit einem Gewehr bedroht und außerdem hat man keine Baugenehmigung, und ohne die arbeiten wir nicht." Zur Erinnerung: eine Genehmigung brauchten wir doch eigentlich nicht, weil es ein mobiles Holzhaus ist – das hatten die Brüder gesagt.

So weit die Theorie, die auch bis zu diesem Zeitpunkt ihre Gültigkeit hatte. Leider kamen die Behörden auf diesen Trick, und so braucht man nun auch für ein Holzhaus im Garten eine Genehmigung.

Diese Beschwerde hatte also nichts genutzt. Also dann doch vor Gericht! Ich lasse diese Gauner nicht abhauen mit meinen Millionen, so meine Wut! Leider hat das auch nichts gebracht, außer dass es mich noch mehr Geld gekostet hat.

In Spanien klappt das mit den Gerichten nicht so einfach wie im Fernsehen: Da kommt der Richter, dann kommt der Angeklagte und der Kläger. Alle setzen sich schön brav auf die Bänke und man wird befragt, warum, wieso, weshalb. Dann wird der Bösewicht verurteilt und du gehst mit deinen Millionen wieder heim oder so ähnlich.

Hier in Spanien bekommt man den Richter überhaupt nicht zu Gesicht, geschweige denn, dass man selbst in einen Gerichtsaal kommt. Nix da, man steht draußen auf dem Gang und wartet. Ein Mittelsmann, *procurador* genannt, ist Pflicht, den muss man haben

– und natürlich auch bezahlen. Dieser Mann regelt dann alles für einen. Irgendwann kommt die Erkenntnis, dass nichts zu machen, noch weniger zu holen sei.

Man könnte noch eine Zivilklage anstreben, sofern man beweisen könnte, dass es sich tatsächlich um *Betrug (fraude)* handelte. - Na, probiere das mal! Noch mehr Geld wäre erst einmal futsch.

Mit einem Wort: Geld ist weg, Haus steht da als Gerippe. WAS TUN?

Alles abreißen und Kleinholz daraus machen oder weiter bauen? Material, also Holz, Toilette, Bad undsoweiter nochmals kaufen und wieder in die Hände spucken? Aber mit wem? Ich allein?

Der rettende Engel

Und da kam der rettende Engel vom Himmel geflogen, in Gestalt eines fast zwei Meter großen Mathias aus Berlin.

Wir saßen gemütlich um den Tisch, hatten Hähnchen in Knoblauchsoße, Vino tinto und hatten's lustig. Mucho Vino tinto, um den Ärger mit dem Holzhaus hinunter zu spülen. „Wat? Meinen Mann könnt ihr ruhig für einige Zeit haben, hab´ ich wenigstens meine Ruhe." *So sprach Britta, die Frau von Mathias. Er war Maurer und die stille Winterszeit stand vor der Tür. Im Winter ins warme Andalusien? Na, das wär´ doch was!

„Ja, klar, ich komme!" Und er kam und wir bauten das Haus fertig, mit allem Drum und Dran - DANKE MATHIAS.

Jetzt war das Haus zwar fertig, aber ich hatte noch keine offizielle Genehmigung. Ich hatte ja nur für eine Sattelkammer aus Stein angesucht. Mit dem Rathaus waren wir uns schnell einig. Ob die Hütte aus Stein oder Holz ist, ist doch ziemlich wurscht, oder?

Nicht für die Wächter des Naturparks! „Ein Holzhaus mitten in Andalusien? Nein, das geht nicht. Hier müssen die Häuser aus Stein sein, weiß angestrichen und das Dach mit Mönch- und Nonneziegel gedeckt sein, basta". - „Was? Jetzt soll ich das schöne, hellbraune Holz weiß anstreichen? Sieht dann aus wie ein Hospital. Das Dach ist aus Leichtbauweise gemacht: Aluwellblech, leicht und wasserdicht, was will man mehr?"

Ich musste nach Alcalá, dem Hauptsitz der Naturparkbehörde und mit einer gewissen Señora Lola reden. Die musste ich überzeugen, dass es auch anders geht. Eine Stunde Autofahrt durch die Korkeichenwälder und Berge und dann meinen ganzen Charme auspacken und reden...

„Holz? Was ist daran so verwerflich? In jedem Naturpark, zum Beispiel in Kanada, werden Holzhütten gebaut, sogar in Andalusien! Habe ich selber gesehen."

„Na schön, aber das Haus muss weiß angestrichen werden, denn in Andalusien sind alle Häuser weiß, das ist Tradition." - „Ja, aber, wir sind doch in einem Korkeichenwald, da könnte ich doch das Haus „korkeichenbraun" anmalen, aber doch nicht weiß!" Außerdem würde ich rundherum Rosmarinstauden pflanzen, die werden so hoch, dass man das Haus gar nicht mehr sieht. - „Vale, gute Idee."

Aber das Dach? Lassen wir die Mönche und Nonnen schlafen und denken wir an die schönen Erikasträucher. Hier in Andalusien werden diese Sträucher mannshoch und man bindet sie zu langen Matten zusammen - man denke nur an die schattenspendenden Sonnenpilze auf Mallorca am Strand. Diese Matten heißen dann *brezos,* kommen aus den umliegenden Korkeichenwäldern. Das ist eine ganze Industrie, man schneidet sie ab oder man gräbt sie aus, die Wurzeln davon verwendet man als Pfeifenköpfe (daher diese wunderschöne Maserung), verlegt sie auf's Dach, das schützt vor Sonne, dämmt den Regenlärm und isoliert. Nachteil: Muss alle 10 Jahre erneuert werden. Aber es ist ein Produkt aus diesem Naturpark, das kann man doch nicht ablehnen.

Tut man auch nicht: Der Parkranger kam und inspizierte das Neue Haus: *„muy bueno!"*

Na, wer sagt's denn, geht doch...

AUF DEM RÜCKEN DER PFERDE

Ich will n'en Cowboy als Mann – so hatte sie geträllert, die Gitte, erinnert sich noch manche/r daran? Ich brauchte zwar keinen Mann, aber Cowboy wollte ich unbedingt werden.

Ja, ich weiß, in meinen früheren Kapiteln wollte ich auch unbedingt Seebär werden und zur See fahren. Tut mir leid, das stimmt auch, aber ich bin Zwilling, und dieses Sternzeichen verfolgt mich mein ganzes Leben: Immer gibt es zwei Möglichkeiten, entweder dieses oder jenes - oder beides gleichzeitig. Rot ist schön, aber schwarz auch...

Reiten wollte ich immer schon lernen. Das Verlangen steckt einfach tief in der Brust. Tiere, Bauernhof und Pferde. Leider hatten wir nur eine Wohnung im ersten Stock, in Wien. Pech. Aber man kann sich Bücher kaufen und schon mal anfangen, die Theorie zu lernen. In Zeitschriften nachblättern und sich jeden Wild-West-Film anschauen. Jeden Samstag, zweite Reihe, war Kinotag in meiner Jugend: ´Rio Bravo´, ´Red River´, ´ Hängt ihn höher´ oder ´Spiel mir das Lied vom Tod´. Ich kannte sie alle. Reiten! Nichts anderes hatte ich im Sinn als: Reiten!

Und dann war es endlich so weit. Wo? In Frankreich, in der Bretagne. Da hatte ich plötzlich 20 Francs in der Hand, ich hatte die Fensterläden gestrichen, das war mein erster Lohn. Was tun damit? Sparen? Blödsinn, das bringt nichts, aber eine Reitstunde könnte ich mir gönnen! Ich erinnere mich noch genau an ein relativ dickes und träges Pferd, an der Longe, der Führleine, ein muffiger Stallknecht in der Mitte des Kreises, lange Peitsche in der Hand, dann ging´s los: auf – ab – auf – ab. Trab nannte sich das. Nach einer halben Stunde tat mir der Hintern weh und man meint, man sitzt auf rohem Fleisch! Anschließend schön langsam die Unterhose in der Badewanne lösen.

Reiten lernt man nur durch Reiten, also wieder drauf, man fällt runter, wieder drauf... Verdammt noch mal, das muss doch klappen. Reitstunden waren zu teuer, also musste eine Alternative her: als Au-pair in Reitställen arbeiten. Stallarbeit gegen Reitunterricht.

Dabei hat man viel Kontakt mit und rund um's Pferd. Stall ausmisten, Pferde striegeln, Pferdebeine mitstützen beim Schmied. Ich heuerte mutig bei einem Bergbauern in Österreich an. Kalt war's und zu essen gab's wenig.

Später bin ich auch bei einem befreundeten Tierarzt in Höchst im Odenwald mitgefahren, der mir zeigte, wie man Spritzen setzt, den Darm von hinten sauber macht, falls ein Pferd Kolik bekommt. Ich habe Bücher über Bücher studiert und viele Fragen gestellt, ich wollte nicht nur Reiten lernen, sondern richtiger *Horseman* werden. Teddy, das war der Tierarzt, lernte ich übrigens auf Korsika kennen. Ich hatte ihm das Tauchen inklusive Druckausgleich und dergleichen beigebracht. Es entstand eine Freundschaft für's Leben. Ich wollte sogar mein Welthandelstudium abbrechen und auf Tierarzt umsatteln. Das ging aber nicht so leicht, weil mir die naturwissenschaftlichen Fächer fehlten.

Doch egal, aufgrund dieses Kontaktes und der Erfahrungen konnte ich später fast immer meine Pferde alleine betreuen, meine Tierarztkosten gingen meist gegen Null.

Erfahrungen sammeln, dazu braucht man Jahre. Natürlich konnte ich mir den Spruch meines Vaters anhören: „Da läßt man den Sohn studieren, und was macht der? Pferdeknödel aufsammeln!" Er hat jedoch später seine Meinung revidiert.

Damals aber war die Reiterei, Reitunterricht in Österreich noch nicht sehr entwickelt. Reiten war etwas für die Reichen und Adeligen, kostete viel Geld und war noch nicht so modern. Also suchte ich mein Heil in Deutschland. Da gibt's Reitschulen, Reitlehrer, Reitkurse, Reiterabzeichen, Reiterbibel, Kutschenfahren und vieles mehr, dort musste ich hin!

Aber wohin genau? Ich kannte doch niemanden dort. Dann fiel mir mein Schihaserl ein. Die wohnte in Gummersbach, das liegt im Oberbergischen, nicht weit von Köln.

Alte Kontakte

Da sind wir wieder bei einem Rückblick in meine Zeit als Schilehrer in Abtenau. Als „roter Blitz", sprich Schilehrer mit rotem Pullover, war es nicht allzu schwer, ein weibliches Wesen kennenzulernen. Ich hatte wieder einmal Glück, denn mein Schihaserl war nicht nur hübsch, sondern hatte ein eigenes Auto, ein bisschen Geld und war unabhängig. Sie hatte zwar einen Mann zuhause, aber der störte irgendwie nicht.

Also dachte ich: ´Genau dorthin fahre ich und werde meine Suche nach einem geeigneten Reitstall, die mich brauchen können, beginnen.´ Also raus mit der Landkarte und suchen, wo das Gummersbach überhaupt liegt. Per Autostopp war das kein Problem. Dann Daumen hoch und los ging's.

Ich landete auf einem Hügel in der Nähe der Aggertalsperre, baute mein Zelt auf und da kam auch schon Rotkäppchen und besuchte den bösen Wolf im Zelt, mit einem geflochtenen Korb, voll mit guten Sachen, von der Wurst bis zum Käse, Brot, Getränke, alles da.

Ich liebte das gute Essen – und sie auch...

Leider konnte sie nicht bleiben, sie hatte ja einen Mann zuhause, aber sie kam am nächsten Tag wieder. Und es kam auch der nächste Tag, ganz von allein, es schien die Sonne, ich machte den Reissverschluss von meinem Zelt auf, kraxelte aus dem Zelt und schaute zufrieden und glücklich ins Tal. Und was sahen meine Augen? Ein großes Schild auf einem langen Dach: REITSTALL stand darauf.

Ich war somit in Lantenbach gelandet. Dort fange ich gleich einmal an, nach Arbeit zu suchen: „Ich will kein Geld, vielleicht ein bisschen Taschengeld für Essen? Ich mache Stallknecht und Ausmisten, Pferde striegeln gegen eine Stunde Reiten pro Tag." - „Geht nicht, wir haben ja einen Stallmeister." Im Stall standen über 20 Pferde, viele waren Privatpferde.

„Und außerdem, wie sieht es aus mit Aufenthaltsgenehmigung, Arbeitsbewilligung?" Der Boss, eigentlich ein lieber Kerl und Direktor des angeschlossenen Schulinternats, konfrontierte mich mit dem Problem der Aufenthaltspapiere. Keiner wusste so richtig Bescheid: Ging ich zum Rathaus oder einer anderen Behörde fragte man mich, ob ich Arbeitspapiere hätte, einen Arbeitsvertrag? Doch der Reitstalldirektor wollte mir keinen Arbeitsvertrag geben, wenn ich keine Aufenthaltsgenehmigung hätte. Somit biss sich die

Katze in den Schwanz.

Unverrichteter Dinge trampte ich wieder in mein Zelt am Hügel. Das war übrigens ein weiteres Problem auf dem Amt, als man mich nach dem derzeitigen Wohnsitz fragte: „In einem blauen Zelt in Lantenbach" , kam nicht so gut an bei den Behörden. Und außerdem ein Ausländer! Ja, damals war Österreich noch nicht in der Europäischen Union.

Was tun? „Boss, darf ich nicht doch im Stall mithelfen und den Stallmeister unterstützen? Und dafür hie und da, wenn halt ein Pferd frei ist, bei der Anfängergruppe mitreiten?" Jede freie Minute stand ich vor dem Eingang der Reithalle und schaute zu.

Die Kommandos, zum Beispiel „durch die ganze Bahn wechseln", waren für mich fremd, denn ich hatte meine ersten Reitstunden und Reiterfahrungen in Frankreich. So kannte ich alle Kommandos auf Französisch, aber nicht auf Deutsch. Irgendwie eine blöde Situation.

Aber ein paar weise Büchlein helfen auch da weiter. Ich arbeitete sozusagen „schwarz", ohne offizielle Genehmigung, aber die Leute waren zufrieden mit mir. „Aber leider darf ich dich nicht länger beschäftigen", sagte der Boss. Und da schlug wieder einmal das Schicksal zu: Der Stall hatte eine große Eingangstür auf zwei eisernen Rollen oben, so eine Riesenschiebetür.

Und dann passierte es:

Es fällt dem Stallmeister eine dieser Rollen auf den Kopf, und der gute Mann war für die nächste Zeit im Krankenstand. Diese Rolle musste sich gelockert haben. Und wer fütterte und pflegte die Pferde? Der Reitlehrer, der mich in sein Herz geschlossen hatte, meinte: „Na nehmen wir doch den Österreicher!"

„Na dann fangen Sie halt einmal an," sagte der Chef zu mir. Und das wurde einer der wichtigsten Sätze in meinem Leben. Das war der Anfang zu meinem weiteren Leben. Ich bin drin, in der Reiterwelt, endlich!

Und ich habe in die Hände gespuckt, der Stall glänzte, die Pferde auch. Fast jeden Tag war ich beim Reitunterricht dabei, mit Steigbügel oder ohne, Schritt, Trab und Galopp, gerade sitzen und Absätze tief, Reiten bis das „Wasser im A... kocht". Ja, das war noch die „alte", aber auch zum Teil überholte Schule, mit doofen Sprüchen, Gebrüll, unsachlichen Korrekturen.

Das hat sich ja Gott sei Dank doch etwas verändert, oder doch nicht? Ich weiß es nicht, war schon lange nicht mehr in einem Reitkurs in Deutschland. Meinen eigenen Reitunterricht hab ich jedenfalls so **nicht** geführt.

Vom Stallknecht zum Reitspezialisten

Ich wollte noch viel mehr können und auch verstehen. Da erzählte mir jemand, dass es günstige, vom Staat geförderte Reitausbildungsseminare gäbe. Im hessischen Hengstgestüt Dillenburg. Nichts wie hin! Für 300 Mark zwei Wochen *Reiten und Fahren,* der offizielle Ausdruck: Unterricht in Theorie und Praxis im Reiten und Kutschenfahren. Vollpension, Unterkunft und die Möglichkeit, das Bronzene Reit- und Fahrerabzeichen zu machen. Klang gut, war auch gut, aber es war kein Zuckerschlecken...

Die Unterkunft: spartanisch-militärmäßig; eiserne Stockbetten, Waschraum und Toilette außerhalb. Verpflegung: nachdem ich der einzige männliche Teilnehmer war, wurde auch ich, wahrscheinlich weil ich der kräftigste und klügste von dieser Herde sein sollte, auserkoren, das „Essen auf Rädern" zu organisieren. Mit einem Kleinbus zum Bahnhof fahren, die vorbereiteten Thermotöpfe von der dortigen Küche abholen, rein hieven ins Auto und zurück zum Gestüt fahren. Dort warteten dann die hungrigen „Stuten" auf mich.

Tja, ich war der Hahn im Korb. Während ich mich „abrackern" musste, um Nahrung aufzutreiben, mussten die „Weibchen" in der Zwischenzeit meinen Sattel und Zaumzeug mitputzen. So war der Deal .

Wer sich jetzt vorstellt, welche heißen Nächte wir da im Internat gefeiert haben, ich als einziger Mann, acht Frauen um mich herum, den muss ich leider enttäuschen. Das Tagesprogramm war so straff und kräfteraubend, dass wir alle ab acht Uhr abends im Bett lagen - jeder in seinem - und wie ein Baby einschliefen.

Programm:

6 Uhr Tagwache und raus in den Stall, besser Stallungen, denn es waren ja mehrere, überall Zucht-Hengste, die sich schon auf ihre Arbeit im Frühling freuten. Dementsprechend waren sie auch lustig und lebhaft. Die wollten raus! Das verlangte schon eine gewisse Aufmerksamkeit, um nur ja keinen Fehler zu machen oder unachtsam zu sein.

Dann gab's Frühstück und Zeit für die tägliche Körperpflege, die meist ziemlich kurz ausfiel, lieber ein bisschen länger beim Frühstück sitzen. Duschen? Kann ich mich nicht erinnern, da musste noch der gute, alte Waschlappen her. Aber dann nix wie raus, Reitstiefel hatte man schon an, Pferde putzen, satteln und ab in die Halle: 1 1/zwei Stunden intensives Training. Das ging in die Oberschenkel.

Jetzt weiß ich auch, woher dieser O-beinige Cowboy-Gang herkommt! Der Hintern tat auch weh, zum Glück war auch hin und wieder Theorie angesagt: Reitlehre, so *der Sitz des Reiters, Veterinärkunde*. Wir kauerten alle auf unseren Schulbänken und konnten kaum die Augen offen halten.

Dann war Sattelpflege, füttern, ausmisten, Essen holen (ich) – endlich Pause. Um ein Uhr ging´s weiter: *Reiten und Fahren*, also: Einspannen. Musste auch gelernt sein. Gar nicht so leicht mit diesen vielen Leinen und Schnallen. Dann ging's aber los: *Hoch auf dem gelben Wagen* fahren wir durch Dillenburg. Schön die Leinen nach Achenbach'scher Art geordnet, die Kurven nicht zu eng gefahren, sonst rammte man den Randstein, und dem Laternenpfahl sollten wir auch möglichst ausweichen. „Brrrr" heisst Halt, prima, klappte ja - meistens.

Im Gestüt angekommen, musste erst wieder das ganze Lederzeug versorgt, die Pferde abgewaschen, Hufe ausgekratzt werden, dann aber schnell wieder in den Theoriesaal. Da wartete der Herr Lehrer schon: Theorie im Fahren etwa wie umgreifen, wenn man rechts oder links fahren will. Und die Prüfung für das Bronze-Abzeichen stand auch bald an.

Also hieß es: büffeln und lernen. Noch einmal schnell in den Stall, kurz ausmisten. Abendessen und uff, endlich schlafen gehen. Todmüde sinkt wieder jeder in sein Bett.

Was war mit der Prüfung? Alle bestanden! Hier in meinem Büro hängt es immer noch, voller Stolz: das Bronzene Reiterabzeichen.

All dieses Wissen und die Erfahrungen waren sehr

wertvoll für mein weiteres Leben. Damals hatte ich zwar noch keine Ahnung wie's weiter gehen soll: Irgendwo als Stallknecht anfangen? Oder die Reitlehrerlaufbahn einschlagen? Als Cowboy nach Neuseeland? Oder doch nach Kanada, eine Farm kaufen (mit welchem Geld?). Jeder Mensch sollte sich ein Ziel setzen, einen Traum, und sei er noch so abstrakt, zu verwirklichen.

Und dann sollte man versuchen, so nahe wie möglich an diesen Traum heran zu kommen: Zum Beispiel Traum: Flug zum Mond – Lösung: man wird Pilot. Oder: Man will Cowboy werden in den Weiten der amerikanischen Prärie – Lösung: Man kauft sich eine kleine Farm, ein paar Pferde dazu und eröffnet ein Reiterhotel in ANDALUSIEN. So einfach kann das sein.

Das Reiten mit Anfängergruppen ist sicher nicht das Ideale und hat mit Cowboyspielen relativ wenig zu tun, trotzdem: Man sitzt wenigstens auf einem Pferd und nicht in einem Bürosessel. So gesehen sicher nicht die schlechteste Lösung.

Ich werde zwar nie verstehen, warum sich Leute zu Reiterferien entschließen, viel Geld ausgeben und total Schiss vor Pferden haben! - „Was, da soll ich mich draufsetzen?"

„Nein, du *musst* nicht, kannst auch Tennis spielen

lernen, ist alles freiwillig." Oder die andere Kategorie von Menschen, die meinen, Reiten brauche man nicht zu lernen, also keine öden Reitstunden in der Reitbahn nehmen. D´raufsetzen und los geht's. Es würde nie jemand auf die Idee kommen, sich einfach eine Taucherflasche zu nehmen und abzutauchen.

Ich habe versucht, unsere Gäste so schnell wie möglich so weit fit zu bekommen, dass man den ersten Ritt im Gelände machen kann, also das „kleine ABC" habe ich es genannt. *Bremsen, lenken und Trabrhythmus,* dafür nimmt man ja die beschwerliche Reise nach Andalusien in Kauf. Alle sind sie mit einem großen „Erfolgserlebnis" und einigem Wissen und Können zufrieden nach Hause gefahren, viele haben dann, auf den Geschmack gekommen bei uns, zuhause richtig mit dem Reiten begonnen, bei einigen steht heute das eigene Pferd im Stall.

Die ersten Pferde auf Los Lobos

Das war damals auch für mich ein riesiges Glücksgefühl als endlich, nach einer langen Bauphase, das erste Pferd auf dem Hof stand. Die ersten Pferde musste ich nicht *kaufen,* ich war ja knapp bei Kasse, alles ging für Beton und Ziegeln drauf, aber ich hatte wieder einmal Glück: Mein Freund, der Pferdehändler, *Pepe de la Carne* – der Fleisch-Pepe, so nannte man ihn, weil er früher mit Schlachtvieh handelte -, den lernte ich im Holiday Club kennen, und mit ihm hatten wir folgenden Deal: Du bekommst von mir so viele Pferde wie du brauchst und haben willst, gratis, du musst sie nur füttern und zureiten, und wenn ein potenzieller Käufer kommt, ist das Pferd eben weg. Dann erhielt ich ein neues – zum Zureiten aber auch für meine Gäste.

Das war zwar viel Arbeit für mich, sehr viel sogar, aber ich hatte Pferde, so viele ich wollte. Wenn eines nicht passte, konnte ich es zurückgeben und mir ein anderes holen. So konnte ich nie „beschissen" werden und einen schlechten Kauf getätigt haben.

Einige Zeit lang hatte ich 18 Pferde!!

Meinen Blacky, einen schwarzen Anglo-Araber, bildschön und pfeilschnell, den, nein die, war ja eine Stute, musste ich mir redlich verdienen. Die kam nicht von meinem Pferdehändler, das ist eine andere Geschichte. Gekauft hab ich die aber auch nicht, und das kam so:

Über dem Hügel im anderen Flusstal, dem Guadiaro, wohnte mein damaliger „Haustechniker" Mano, ein guter Freund, der mir schon viel geholfen hatte. Er bekam zwei Pferde geschenkt statt einer geldlichen Bezahlung. Der gute Mano versteht zwar viel von Motoren, Windmühlen und sonstigem technischen Kram, aber nichts von Pferden – und plötzlich hat er zwei!

„Wolf könntest Du...." Klar, der Wolf kann... Die Pferde auf einen Hänger und ab nach Los Lobos. Zwei Pferde mehr oder weniger zum Zureiten, no problema. Wenn es da nicht doch ein problema gäbe: Mit Blacky konnte man gut umgehen: Halfter rauf, Longieren, rechts herum, links herum, das Übliche. Aber der andere, ein kleineres Braunes, der versteckte sich immer hinter Blacky, rannte davon, unmöglich, ihn einzufangen. Der hatte noch nie ein Halfter um, geschweige denn, dass er je berührt wurde, gestreichelt, Bein hochheben etcetera. Nichts dergleichen. Wie soll ich da jemals einen Sattel drauf kriegen? Das steht auch in keinem weisen Reitlehrebüchlein drin. Man setzt immer voraus, dass man ein Pferd am Halfter zumindest führen kann. Dann beginnt man mit der Longenarbeit.

Aber: Dieses Pferd hatte noch nie ein Halfter gesehen! Was tun? Da hieß es in Wolf's Trickkiste greifen: Es musste mir gelingen, dem Pferd ein Halfter umzulegen, damit man überhaupt einmal anfangen konnte, das Pferd zu berühren, es zu streicheln, dann striegeln, am Führstrick führen und alles andere mehr.

Durst, das ist immer ein gutes Mittel. Das Pferd muss Durst haben, dann kommt es auf jeden Fall zum Wasser. Es gab also einen Tag nichts zu saufen. Dann stellte ich einen vollen Eimer in die Koppel und legte das ausgebreitete Halfter über den Eimer, so dass das Pferd durch das Halfter zum Wasser gelangen kann. Ah, tut das gut! Hat sich sicher das Pferd gedacht und soff den Eimer leer. In der Zwischenzeit konnte ich das Pferd am Hals berühren – und: schnell das Halfter zuschnallen. - Ich hab ihn! Jetzt gehen wir schön spazieren, ich führe dich am Strick. Rumms, ein Hüpfer, ein kleiner Bocksprung, weg war er – und meine Hände waren aufgerissen, brannten wie Feuer. Also, das war nichts. Noch einmal dasselbe, diesmal aber nehmen wir noch ein langes Seil dazu, befestigen es am Halfter und das andere Ende an einen dicken Baum. Dann haben wir ihn sicher, und das schont auch meine Hände.

Prima, es hat geklappt, ich konnte ihn schön brav herumführen, Füßchen aufheben, Hufe kratzen, mit den Nüstern spielen, jeden Tag ein bisschen mehr. Dann kam die Longierarbeit dazu: brav...Schritt....Trab (was soll eigentlich der Blödsinn mit „Teeeerap"?)

Diese paar Zeilen haben sich über eine Zeitspanne von drei Monaten verteilt! Jawoll. Da war nichts mit Draufsetzen und Rodeo, bis der Gaul müde ist, das ist Wild-West-shit.

Dann kam endlich der Tag, an dem ich den Sattel auflegte und ich selber mich, ganz zart und behutsam, in den Sattel gleiten ließ. An der Longe, dann frei in der

Reitbahn: ICH BIN AUF DIESEM PFERD GERITTEN!

Dann kamen die angeblichen Besitzer dieser beiden Pferde und wollten sie zurück haben – nachdem ich sie mit viel Mühe zugeritten hatte. Und Mano hatten sie auch noch nicht bezahlt, also wozu die Pferde zurückgeben. „Dann holen wir einen Anwalt."- „Da kannst Du mit dem König von Spanien kommen, die Blacky bleibt bei mir, den kleinen Braunen könnt ihr mitnehmen – Deal?" -"Deal!"

Was ich später gehört hatte war, dass der kleine Braune „unreitbar" war. Das glaube ich sofort – ich bin drauf gesessen! Dann habe ich nie mehr wieder etwas von denen gehört.

Lagerfeuerromantik

Leider musste ich einmal unsere Gäste enttäuschen: Ich hatte wieder einmal ein Pferd so weit trainiert gehabt, mit viel Geduld und Longierarbeit, dass der Tag des „Erste-Mal-Draufsitzen" kam. Alle waren sie versammelt, und alle warteten auf eine Rodeovorstellung. Der Boss sitzt das erste Mal auf einem „wilden Pferd" - und nichts passierte, das Pferd hatte Vertrauen zu mir, ließ sich führen und lenken wie ich wollte. Kein Steigen, Zappeln oder Rodeo – so sollte es immer sein, wenn man ein Pferd einreitet und nicht, wie es leider auch die Spanier oft tun, so lange ein Pferd herumjagen, bis es vor Müdigkeit von selber umfällt. Das ist unfair!

Unsere Pferde gehörten zur Familie. Ein wunderbares Gefühl, und echte Lagerfeuerromantik kam auf, als wir bei einem Zwei-Tagesritt rund um das Lagerfeuer saßen und die Pferde im Hintergrund grasten, und mir schon mal das Butterbrot wegschnappten. Dann stieg der Mond langsam hoch, man sah nur die Silhouetten der Bäume und Pferde.

Frieden auf Erden...

Haben Sie gewusst, dass man auf einem Pferd *seekrank* werden kann? Doch: Es war bei einem Mondscheinritt – ohne Mond. Der kam einfach nicht hervor, und die Nacht war rabenschwarz, düster, man konnte nichts sehen. Vor einer der Reiterinnen der Tour ging „Schimmi", so hieß sinnigerweise unser weißes Pferd, sie konnte nur den weißen Hintern sehen, und ihr eigenes Pferd schwankte logischerweise im Schrittrhythmus - wie auf einem Schiff. Sie musste absteigen und sich erbrechen.

Die Zwei-Tagesritte mit Übernachtung im Freien waren schon immer etwas Besonderes, auch wenn so mancher der Reitergäste seine liebe Not hatte: Einmal steht ein weiblicher Gast mitten im Wald und fragt mich allen Ernstes: „Wo kann man hier auf die Toilette gehen?"

Natürlich kam von mir dann ein Superspruch in den Sinn: "Zweiter Baum rechts, die versteckte Kamera läuft schon."

Schön war's, Teamwork war gefragt: Einer von uns Ranchbesitzern ist geritten, der andere kam mit dem Auto nach und brachte alles Nötige mit, vom Kotelett bis zum Rotwein und natürlich Hafer und Heu für die Pferde, die wir entweder an den Bäumen angebunden hatten oder an einem langen Seil und der Reihe nach. Wir hatten praktisch nie Probleme.

Da wir auch Wanderer bei uns aufnahmen, organisierten wir „Kombi-Touren": die einen zu Fuß, die anderen zu Pferd und irgendwo traf sich die ganze Los Lobosfamilie wieder. Beim gemeinsamen Lagerfeuer.

Nicht zu vergessen die Bade-Tagesritte: Jeder nimmt Badesachen mit und ab geht's durch unser wildes Tal, den Fluss entlang. Nach ein paar Kilometern kommt ein herrlicher kleiner See, mitten im Eukalyptuswald, mit schönem Sandstrand, ein paradiesisches Fleckchen Erde. Raus aus den Stiefeln, runter die Sättel, Zaumzeug aus dem Pferdemaul, nur Halfter um und rein ins kühle Nass. Den Pferden hat es sichtlich Spaß gemacht, die Reiter hielten sich an der Mähne fest und ließen sich ziehen. Ein echtes Erlebnis!

Apropos Mähne festhalten. Ein „Geheimtipp" für alle Anfänger von mir: Um das Leichttraben, also das

Aufundab, besser zu bewerkstelligen, einfach mit der inneren Hand (also die Hand, die zur Reitbahnmitte zeigt) in die Mähne fassen, mit der äußeren kann man das Pferd dann „notdürftig" auf dem Hufschlag und den Ecken halten. Man kann sich praktisch nur auf den geforderten Rhythmus konzentrieren.

Zweitwichtigste Übung, die leider viel zu wenig trainiert wird, ist der **leichte Sitz:** Also aufstehen im Sattel, *das Gesäß leicht lüften,* so heißt's genau. Dadurch kommen automatisch die Knie und Unterschenkel ans Pferd, die Schenkel kommen an die Position, wo sie sein sollen, nämlich hinter den Gurt, die Absätze kommen tief, und wenn man die Hände links und rechts vom Pferdehals platziert, ist man sogar schon in der Galopp- und Springposition!

Ich möchte hier keine Reitlehre schreiben, da gibt es genug davon und jedes Jahr kommt mindestens eine neue dazu. Ein Buch möchte ich trotzdem erwähnen, das in jedem Reiter-Bücherregal stehen sollte – und auch aufmerksam gelesen werden sollte. Das beste und am leichtesten verständliche Werk heißt:

SO VERDIENT MAN SICH DIE SPOREN von Horst Stern. Unbedingt lesen!! Außerdem ist der gute Mann verantwortlich dafür, zumindest ein bisschen, dass ich in Andalusien hängen geblieben bin. Im mittleren Teil des Buches beschreibt er einen Trailritt durch das südliche Spanien, eine Riesentour, er spricht von Geiern und weiten Stränden, von unendlichen Wäldern, und - der wichtigste Satz:

Andalusien ist ein Pferdeland. Die Tränken über-wiegen die Tankstellen bei weitem.

Das ist es! Mich ließ dieser Satz nicht mehr los. Als ich hier das erste Mal ankam, war es tatsächlich noch so. Leider unvorstellbar heute!

Bruni und Kissy auf unserer Weide

MEINE TIERGESCHICHTEN

Ganz klar, auf einen Bauernhof gehören Tiere! Das hatten sich unsere ersten Gäste im Juni damals auch gesagt und schenkten mir ein Schwein. Aber die allerersten Tiere, die es auf dem Rancho gab, waren zweifelsohne die Mäuse und Ratten. Jahrelang hatten die sicher ein sorgenfreies und friedliches Leben geführt: Der Hof stand leer, der Vorbesitzer war weggezogen, ins Dorf, sein neues Haus war genau gegenüber einer Kläranlage gelegen, gekrönt von tollen Düften, aber er hatte eine echte Straße und Strom, wir nicht.

Die Mäuse hatten es in dem Strohlager schön warm und gemütlich, genug zu fressen – und nur eine einzige

Katze

war da, die Miez, so nannte ich sie. Eine schwarze Katze, wild und unnahbar, sie war einfach da. Sie leistete mir Gesellschaft, als ich die ersten Tage nach Mallorca hier wohnte. Irgendwie ein schönes Gefühl, nicht ganz alleine zu sein, noch dazu, wenn man sich einsam fühlt, weil der Schatz weit weg ist in der Schweiz.

Wir teilten uns eine Dose Sardinen. Ich durfte sie dann sogar einmal kurz streicheln. Später, als Esther schon da war, schenkte sie uns zwei junge, graue Kätzchen, wir nannten sie *Max und Moritz*.

Dann kam „*Mörali*", das ist Schwyzerdütsch, die Katze war fleckig, alle Farben: schwarz, braun, weiß und ist uns zugelaufen. War ebenfalls einfach da. Und auch von ihr bekamen wir jede Menge Junge, zwei behielten wir, zwei rabenschwarze: *Blützi und Blatzi*.

Jetzt haben wir wieder zwei, und der einfachheitshalber nennen wir sie: das dicke *graue Katzi* und das kleine *schwarze Katzi*. So, genug von Katzen.

Hunde

hatten wir natürlich auch: Drei Mal eine „Dana" , das ist ein blonder belgischer Schäferhund, so sagt man, dann gab's eine Bella, ein schöner schwarzer Schäferhund, den wir total abgemagert zu uns nahmen und der sich ganz prima entwickelte, mit seidigem Fell – und 13 Jungen. Uff, was tun? Hundezucht, klar. Verkaufen, aber an wen? Denn irgendwie haben die Spanier zu Tieren ein seltsames Verhältnis und zum klassischen Kettenhund wollten wir unsere Babys nicht hergeben. Sie sollten in gute Hände kommen. Wir gingen mit dreien zum Wochenmarkt in Marbella: „Ach, schau mal wie süss!" war die Reaktion. „Können wir einen mit nach Deutschland nehmen? - „NEIN", war die brummige Antwort des Familienoberhaupts. Schluss, einpacken, wir gingen wieder nach Haus.

Wir versuchten es in einer Zoohandlung in Algeciras: „Ok, lasst die drei Hunde hier in Kommission, mal sehen, was sich machen läßt." Nach drei Wochen: Nichts hatte sich ergeben, wir durften alle drei wieder mitnehmen, die allerdings etwas größer geworden waren inzwischen. Nach und nach konnten wir sie dann doch verschenken, Hundezucht ade.

Einige Zeit später waren wir „hundelos" und wir wollten wieder einen Schäferhund haben, auf dem Rancho brauchten wir einen Wachhund! Einerseits sollte er bellen, aber bitteschön nicht die ganze Nacht, anderseits sollte er lieb und friedlich zu den Gästen und Kindern sein. Wir fragten nach in besagter Zoohandlung: Es gab keinen Schäferhund zur Zeit, und gratis schon gar nicht. Da sprach mich eine ältere Dame an, da sie mein Gespräch im Geschäft mitangehört hätte und dass sie wüsste, wo ein kleiner Hund zu haben wäre. Ihre Schwester hätte ihn gerade ins Tierheim gebracht. Wir nichts wie hin.

Ich komme beim Tor rein, ein Gebell und Gezeter wo man hinschaut – und da steht er und schaut mich an, wedelt mit dem Schwänzchen, ich gehe ganz langsam auf ihn zu, wir schauen uns in die Augen. Was soll ich sagen, mir hat es die Kehle und mein Herz zugeschnürt. „Du kommt mit mir". 14 Jahre hatten wir den, nein, die Schnüssi, Liebling aller Gäste, ein festes Inventar auf Los Lobos. SCHNÜSSI... Woher kommt der Name? Aus dem Schwyzerdütschen: „schnüssig" und das heißt herzig, und das stimmt.

Schwein gehabt

Aber jetzt zu dem versprochenen <u>Schwein:</u>

Sie wollten mir eine Kuh schenken, die netten Gäste, zum Glück ging dieser Plan nicht auf, nichts dergleichen war zu haben und wenn, dann zu teuer. Also einen Gang runter schalten und ein Schwein kaufen.

Mein Geburtstag stand vor der Tür mit den ersten Gästen nach unserer Eröffnung. Zwei Tage vorher hatten wir einen anderen Geburtstag gefeiert, vom Gösta, dem Sparkassendirektor aus Köln. Wir feierten kräftig, da war keiner dabei, der ins Glas spuckte. Alle kamen super gestylt, Krawatte, feines Hemd, Sakko, nur ich kam „normal", normales Hemd, normale Jeanshose, normale Schlappen, wie immer halt.

Da dachte die Mannschaft: ´Ach beim Geburtstag vom Wolf brauchen wir uns nicht in Schale werfen´, jeder kam „normal" - aber ich **nicht**: Ich hatte noch meinen Smoking vom Kreuzfahrtschiff im Schrank, den zog ich jetzt an und schockierte die Welt: Überraschung gelungen.

Das Schwein stand am nächsten Morgen im äußeren Hof und grunzte: *Happy Birthday! „D*ie Sau gehört jetzt Dir, mögest Du noch viel Freude und Schwein im Leben auf dem Rancho haben!"

ES HAT GEHOLFEN! Ich hab´ viel Schwein gehabt!

KIFI, der Esel

Eine Farm braucht Tiere. In Andalusien braucht man einen Esel, so was hat jeder. Also musste ich mich umschauen, wo man so ein Tierlein kaufen konnte. Es musste aber geheim sein, denn es sollte eine Überraschung zu Weihnachten für mein Estherlein sein, am ersten Weihnachten auf der Ranch.

Wenn man von uns ins Dorf fährt, kommt man bei einem kleinen Hügel vorbei – und dort steht ein kleiner, schwarzer Esel – einfach zum Liebhaben, Knuddeln, der ist einfach „schnüssig" - wie oben erklärt.

Der wäre genau der richtige gewesen, nur leider unverkäuflich. Wir mussten vor den Feiertagen noch einmal in die Schweiz fahren, um „Züg und Sachen" von Esther zu holen. Ich gab also meinem Pferdehändler den Auftrag, mir so einen Esel zu besorgen, und wenn wir zurück wären, vor Weihnachten, dann holte ich ihn ab. Auftrag: *1. klein und schwarz 2. weiblich (damit man eventuell züchten kann) 3. lieb und zutraulich.*

Klipp und klar war mein Auftrag formuliert! Wir kamen zurück von unserer Reise, der Esel wurde geliefert: ausgewachsen – männlich – grau - ungestüm, also genau das Gegenteil von dem, was ich bestellt hatte! (Verewigt ist er auf dem Bild auf Seite 154)

Der 24. Dezember rückte immer näher. Es war keine Zeit mehr, um einen anderen Esel zu finden. Ich musste ihn vor Esther verstecken, sollte ja eine Überraschung sein. Ich stellte ihn in die äußerste Ecke der Farm, möglichst weit weg. Das Geschrei hörte man trotzdem: „Du Wolf, da schreit ein Esel!" - „Was? ich hör nix..."

Klingeling, das Christkind kommt: „Liebe Esther, Dein Geschenk steht vor der Tür!" Sie macht die Wohnungstür auf – und da steht er, der Esel, heisst KIFI.

Freude pur bei Esther, Überraschung gelungen.

Die Geschichte geht aber weiter. Esther geht mit ihrem Geschenk spazieren. Schön gedacht, der Esel ist aber ein Hengst, also voller Lebensfreude, wenn unsere

Nachbarn mit ihren Eselsdamen vorbei ritten. Ja, damals wurde noch auf Eseln geritten, eviva Andalucia! Kifi riss sich los, schleifte Esther hinterher, die Nachbarn hatten ihre liebe Not, auf ihren Transportmitteln oben zu bleiben.

Der ist zu stark für Esther, wir müssten den zurück-geben. Ach nein...

Da fragt mich der Nachbar, ob nicht mein kräftiger Eselhengst seine Eseldame beglücken könnte und somit für Nachwuchs sorgen könnte. Na klar, damals war Hippie-Zeit, freie Liebe überall, auch bei den Eseln, auf geht's!

Die Dame wird gebracht, unser Hengst in Hoch-form, das Rohr war voll einsatzbereit, aber was macht der denn? Der springt nicht, wie normal, von hinten auf, um sein Gerät einführen zu können, der probiert's immer von der Breitseite! Wir stupsen und drängeln, nehmen das gute Stück in die Hand, um Führhilfe zu leisten wie ich es bei meinem Tierarzt seinerzeit gesehen hatte. Nichts zu machen, der Kerl rutscht immer auf die Seite ab. Dann wird's der Stute zu blöd und sie knallt ihm eine. Daraufhin hat er die Lust verloren und fängt an zu fressen. Der Nachbar musste unverrichteter Dinge wieder abziehen.

Da war natürlich sein Schicksal besiegelt: Wenn Du nicht einmal bumsen kannst, dann wirst Du zurück gegeben, fertig. Das hat auch Esther eingesehen. Kriegst ja einen anderen, klein, schwarz und weiblich, versprochen! Zwei Jahre haben wir warten müssen, bis wir endlich unseren Wunschesel gefunden hatten – und das in Andalusien! Aber letztlich haben wir einen gefunden. Haben ihn/sie groß gezogen und hatten viel Spaß mit dem Esel. Wenn es in die Berge ging mit den Pferden, dann durfte sie mit, frei mitlaufen. Köstlich war es, wenn sie die Schweine im Wald attackierte: Kopf nach unten und los, haut ab, ihr Schweine, jetzt kommen wir! Zum Totlachen.

Pferde

hatten wir ja auch, wie geschildert, klar, bis zu 18, da standen wir noch alle so richtig im „Saft". Vier Fohlen haben wir groß gezogen, die meisten Geburten passierten nachts.

Am nächsten Morgen kommt man in den Stall oder Koppel und – da liegt es! Schnell musste ich nachschauen, ob die Nüstern frei zum Atmen und die Nachgeburt raus war. Ganz wichtig. Und dann kommt der schöne Teil: Ich setze mich auf den Boden, nehme das „Baby" in die Arme und lege es quer über meine Beine. Es bleibt liegen und nimmt Geruch auf: `Ah, das ist der Vati, alles klar, hab ich registriert.´

Impfen, Wurmkur, striegeln, Füßchen hochheben - die Liste ist endlos. Impfen und Nadeln setzen ist nicht

immer ganz einfach, manche Pferde sind echt wehlei-
dig, hüpfen da herum wegen eines kleinen Pieksers.

Die *Hispana* war so ein Fall. Nadel in den Hals?
unmöglich, da steht die kerzengerade vor mir. ´Na
warte, dich krieg ich auch noch, impfen muss sein, tut
mir leid!´ Pferd satteln, ich drauf, Spritze geben lassen,
und von oben rein mit dem Zeug. Brav, alles schon
wieder vorbei. Mein Tipp speziell zu ihr: Nie im Stall
impfen: Hispana schaute einmal beim Dach oben raus,
so hoch sprang sie! Rumms, und der Schädel war
durch die Uralitdecke.

Wie gesagt, wir hatten viel Spaß mit unseren Tie-
ren/Pferden, doch einmal...da hätte ich sie am liebsten
alle sonst wohin gewünscht.

Wir machen Pause, Picknick, alle Pferde absatteln,
Zaumzeug runter, frei laufen lassen. Die Pferde kennen
die Stelle, wir waren schon oft dort: grüne Wiese und
dann der Fluss, wunderschön!:Alles friedlich, die Pferde grasen, 12 an der Zahltens, die Herde kennt sich.

Plötzlich läßt einer einen Furz und die Post geht ab,
bergwärts, sie rennen drauf los, als ob Feuer ausge-
brochen wäre. Feuer gab's ja, von den Hufen, die Fun-
ken sprühten, als sie über die Felsen rasten. Immer hö-
her in den Wald. Wir stehen alle da wie bedeppert. Los,
jeder nimmt ein Halfter und denen nach! Aber ja nicht
direkt hinterher, das würde bedeuten, dass man die

Pferde nur weiter treibt. Das ist das Fatale an der Sache, man muss von vorne kommen, ihnen entgegen. Aber wie soll das gehen, man rennt ja hinterher!

Man muss nach vorne kommen, man muss einen großen Bogen machen und darauf hoffen, dass die lieben Tierlein irgendwann von selber stehenbleiben und weiter fressen. Man rennt und schwitzt, den Berg hoch, dichter Wald, man kann nichts sehen, überall stacheliges Zeug, man bleibt hängen, zerreißt sein Hemd, wurscht, weiter – und dann siehst man sie: Na wartet ihr Mistviecher, ich dreh´euch den Hals um! Nein! „Schön brav und ruhig bleiben, kommt doch her, ihr lieben Viecherchen, schön brav, so ist's gut, oho, ganz lieb." Man kommt näher, sie bleiben stehen, ein Pferd hat das Halfter um, Gott sei Dank, wir sind gerettet, wenn man eines nur hat, kann man schon heimwärts gehen, die anderen folgen von selber – zum Glück haben die einen angeborenen Herdentrieb.

Reiten kann sehr gesund sein, nicht nur, wenn man Kreuzschmerzen hat. Reiten hilft auch bei Nierensteinen: Man kann sie unterwegs verlieren, so wie es Anna aus Italien erging. Da tut ihr ein bisschen der Bauch weh: „Ach das wird wieder". Und schon fällt sie vom Pferd. Wir waren am Heimritt von einer 2-Tagestour.

Mohammed war mit von der Partie, ein Arzt, der immer sein Köfferchen mit hat – außer beim Reiten, klar. Anna liegt im Straßengraben und hat Schmerzen. Ich muss nach Hause reiten um eine Spritze aus Mohammeds Tasche holen. Na schön, dann wollen wir mal ein bisschen Gas geben, Blacky, was meinst Du? Leichter Sitz und ab ging's – Staubwolke - so schnell und schonungslos bin ich mein ganzes Leben noch nie geritten. In einer halben Stunde war ich zuhause, Spritze holen. „Hallo Monika, bist eben mit deinem Auto angekommen? Toll, los steig ein und fahr mich über den Berg zu Anna. Volldampf."

„Hier Mohammed, da hast die Spritze". - „Danke", sagt er und will das Glasröhrchen an der Sollbruchstelle knacken. Schnell, schnell, wir waren alle aufgeregt. Und schon hatte unser Medico das zerbrochene Glasröhrchen in der Hand. Zum Glück hatte er sich nicht in die Hand geschnitten. Aber die ganze Eile war für die Katz. Anna musste einmal hinter dem Busch verschwinden – und die Nierenschmerzen waren auch verschwunden. Na, wer sagt's denn: Einmal richtig pinkeln und raus sind die bösen Steine. Ich glaube, die liegen heute noch dort. Seitdem geht es Anna wieder blendend!

Kaninchen

- die hatten wir auch, aber schon in Estepona auf der Finca von Raphael. Die wollte ich auf meinem Rancho auch besitzen. Man baut einen Hasenstall.

Später wurde er umgebaut zu einem Appartement, das wir immer noch „Hasenstall" nennen! Man hegt und pflegt die lieben Tierchen, bis sie circa zwei Kilogramm wiegen, tja und dann sollten sie eigentlich ab in die Küche... „Du Mörder! Das esse ich nie!" Ich habe die Kaninchenzucht aufgegeben.

Wenn sie so klein sind, sind sie einfach herzig und lieb, nämlich

Schafe

Wir hatten zwei. Weil das Muttertier gestorben war, haben wir sie übernommen.

Mit zwei Babyflaschen mit Schnuller, jeden Tag ein paar Mal, haben wir sie aufgezogen. Und die haben da herum genuckelt und sind herum gesprungen. Dann wurden sie größer und wir mussten sie anbinden, sonst wären sie dahin gewesen. Zwei lange, geflochtene Hanfseile, mindestens fünf Meter lang. Solange wir bei ihnen in der Nähe waren, grasten sie ganz friedlich.

Aber sobald wir uns entfernten, fingen sie an zu schreien und zu blöken, herzzerreißend - aber auch nervig. Schafe sind Herdentiere, zwei Schafe sind eben noch keine Herde, das war anscheinend das Problem.

Eines Tages mussten wir einkaufen fahren, die zwei Schafe lagen friedlich auf der Weide und rührten sich nicht. Siestazeit. Am Nachmittag kamen wir voll bepackt zurück, die Schafe lagen immer noch auf derselben Stelle, in der selben Position.

Oje, da stimmt was nicht, wir gehen hin, sie lebten, aber die Augen quollen aus ihren Höhlen heraus. Dann merkte ich, dass der lange Strick total verheddert war und auf einen Meter gekürzt war. Ich weiss nicht, wie sie es gemacht haben, aber sie schafften es immer wieder: sich solange drehen und herumwurschteln, bis das Hanfseil dermassen gekürzt war, dass sie sich nicht mehr bewegen konnten. Wir konnten die beiden an einen Nachbarn „leasen", der hatte so viel Gras zum Abfressen, er war happy und wir hatten unsere Ruhe.

Wenn wir schon beim Thema sind, wo Leben ist, gibt es auch den Tod. Das ist so.

Zum Beispiel ein Pferd. Da kommt ein kleiner Lkw und bringt den Kadaver hoch in die andalusischen Berge zu den *Geiern*. Ganz einfach und eine praktische Lösung. Der Schmerz bleibt, wir beide haben uns an der Hand genommen und haben geweint. Adios Blacky.

Bleibt nur noch ein Tier, das wir auf der Finca hatten und das bis jetzt noch nicht erwähnt wurde - ein

Huhn

Und zwar lebend, mit Federn und allem Drum und Dran. Ein Geschenk von meinem Tischler. Eigentlich wollte ich eine neue Tür bestellen, man kommt aber so ins Gespräch, wie es eben hier üblich ist: „Hier, nimm mit", hat er gesagt, und schon war das Huhn in einem Sack verpackt.

Zu Hause angekommen hielt sich Esther's Freude in Grenzen. Stellen Sie sich vor, meine Damen, da kommt ihr Mann nach Haus und wedelt mit einem lebenden Huhn in Ihrer Küche herum und sagt: „Schatzilein, heute gibt's Brathendl!"

So ist eben das Leben auf dem andalusischen Land – herrlich.

URLAUB ZWISCHENDURCH

Schön langsam rückt das Ende dieses Buches näher. Ich blicke zurück, lasse mein Leben Revue passieren. Viel gearbeitet, aber auch viel Spaß habe ich gehabt. Ich gehe in Pension - das war bis vor kurzem noch unvorstellbar. Wir waren doch erst in **Neuseeland**. Ein wunderschönes Land, diese Urwälder mit den riesigen Farnen, dem herrlichen Milford Sound, auf dem wir eine Schiffsreise machten.

Das kleine Wohnmobil, das wir mieteten, war im Vergleich eine kleine Kiste, ohne Toilette. Es regnete viel, und eines Nachts raschelte es rund ums Auto. Werden wir überfallen? Ich ging tapfer raus mit Taschenlampe: Ein harmloses Opossum wühlte im Laub. Schade um diese Tierchen, aber leider, sie werden zu viele und müssen zum Teil von den Naturschützern selber vergiftet werden.

Eine komische Situation: Ranger streuen Gift!? Sie haben keine natürlichen Feinde und vermehren sich rasant und würden so die schönen und auch schützenswerten Urwälder kahl fressen. Opossums wurden von Australien eingeführt, sie wurden in großem Stil gezüchtet. Für Pelze überall.

Dann brach der Markt ein, jeder, der einen Pelz

trug, wurde schräg beäugt: Nieder mit den Pelzträgern – pfui! Was also tun? Man öffnete einfach die Käfige und ließ die Tiere frei, die sich natürlich wieder wie wild vermehrten.

Ja, einen echten Kiwi, das Wappentier der Neuseeländer, ein Vogel ohne Flügel, wollten wir auch sehen. In freier Wildbahn ist das praktisch unmöglich, sie sind Nachttiere. Da gab es aber ein Gehege. Wir nichts wie rein. Pfeif´ auf die zehn Dollar Eintritt, man ist ja schließlich nur einmal hier. Wir suchen und suchen, nichts von einem Kiwi zu sehen. Ah, da ist er: Armselig steht er in einer Ecke und wackelt hin und her – er hatte nur ein Bein, das war alles für 20 Dollar. Wir fühlten uns reingelegt.

Aber dafür, als Ausgleich sozusagen, durften wir den schönsten Geburtstag von Esther erleben: Es war der 9. Februar, ein schöner, sonniger Tag wie immer. In unserem Reiseführer fand ich einen Geheimtipp: Wohnen in einem Schweizer Chalet einer Jugendherberge, alles aus Holz gezimmert, am Fuße des berühmten Mount Cook. Ha, das leisten wir uns! Ist ja schließlich ihr Geburtstag. Es musste natürlich eine Überraschung sein. Ich erwähnte meinen Plan, in diesem Chalet zu übernachten, in einem richtigen Bett zu schlafen, vorher noch fein Essen gehen, mit keinem Wort. Ich musste aussteigen und fragen, ob noch ein

Zimmer für uns frei sei. Zwei angemeldete Gäste kamen nicht - das Zimmer gehörte uns!

HAPPY BIRTHDAY ESTHER

Ach, war sie glücklich, ein riesiger Stein fiel ihr von ihrem Herzchen: „Und ich dachte schon, Du hast meinen Geburtstag vergessen. Kein einziges Wort hast du gesagt!" - „Nein, habe ich nicht, sollte ja eine Überraschung sein!" Sie war mir gelungen.

Dann gingen wir in ein Hotel-Restaurant: riesig große Fenster mit Blick auf den majestätischen Berg: den Mount Cook, der wie ein Kegel sich gegen den Himmel streckte. Er leuchtete in der Abendsonne, goldgelb, umwerfend und unvergesslich. Dazu gab's grüne Miesmuscheln in Sahnesoße. Wow, mehr fällt mir dazu nicht ein. Diese grünen Miesmuscheln gibt es nur in Neuseeland. Ich wollte noch ein Foto machen: der Berg, das Licht dazu, die Stimmung. Mist, der Fotoapparat lag im Zimmer. Na, dann halt morgen früh. Nix war's, alles grau in grau, dicke Nebelschwaden umhüllten den Berg, nichts zu sehen. Kein Foto war möglich, aber in unseren Herzen wird der Mount Cook immer in Erinnerung bleiben - zumindest immer an einem 9. Februar.

Neuseeland ist jederzeit eine Reise wert, es ist nur sooooooo weit weg, aber wunderschön, trotzdem:
Andalusien, wir bleiben Dir treu!

157

Malediven

Davon träumt jeder Taucher, ich auch. Ist ein einmaliges Erlebnis, aber bitte keine Segelkreuzfahrt mehr. Romantisch war das Schiffchen schon, nur war es etwas eng in der Kabine. Und bei 40 Grad bekommt man kein Auge zu. Ein winziger Ventilator sollte Abhilfe schaffen. Lächerlich. Man darf an Deck schlafen, dankeschön Herr Kapitän – nur: Es kommt jede Nacht ein kleiner und heftiger Tropenregen. Also doch wieder runter in die Kabine.

Wir wollten auf eine Insel gegenüber. „Geht nicht, wir haben keine Genehmigung", sagt der Käp'tn. Ich springe trotzdem ins Wasser und schwimme hinüber. Ja, dort wartete auch schon die Polizei. „Illegale Einwanderung" hieß es, Passport herzeigen; das kennen wir ja alles schon von Argentinien, mitkommen zum Inselchef - na, muss ich schon wieder ins Gefängnis, nur mit einer Badehose bekleidet?

„Nein, aber innerhalb von 10 Minuten musst du von der Insel sein und bei deinem Schiff". Der Käp'tn und auch meine Frau Esther, haben dies alles aus der Ferne beobachtet, mit gemischten Gefühlen.

Wir hatten die Schnauze voll. Von dem Segelschiff, das nie die Segel setzte, und weil es zu heiß in der Kabine war, weil das Essen miserabel war: Hühnchen oder Fisch mit Reis, oder Reis mit Hühnchen, kein Alkohol, wo blieb unser Rotwein! Wir sind doch Spanier! Am nächsten Tag fuhren wir Male an, die Hauptstadt des Inselstaates. Raus aus dem Schiff, rein ins Groß- stadtgewühl, zum Hauptbüro Neckermann: „Wir wol- len umbuchen, ganz gleich wohin, nur auf dem Schiff bleiben wir keinen Tag länger!"

So geschah es dann auch. Schade, ich als alter „See- bär" hätte das gern genossen, hatte mir das aber an- ders vorgestellt! Das war ein Satz mit „x" - nix.

Ja, die Welt ist groß und schön, man sollte sie be- reisen, ich hab's getan, die Erinnerungen kann mir kei- ner mehr nehmen. Lebe Deine Träume – oder komme so nah wie möglich an sie heran. Ich und meine Frau Esther sind nah dran:

Wir sind in **ANDALUSIEN hängen geblieben.**

159

DANKE AN ALLE

Ich habe mein Leben den Pferden gewidmet, das kann man so sagen, auch wenn es viele Umwege bis dorthin gegeben hat. PFERDE UND REITEN, das war/ist mein Lebenselixier. War nicht immer ganz einfach, aber ich habe daran geglaubt, bin meinen Träumen Stück für Stück näher gekommen. Es war wie immer viel Arbeit, viel Glück und ein bisserl richtiger Schmäh, das ist die ideale Mischung. Freunde und liebe Menschen muss man um sich haben, all denen will ich heute DANKE sagen und ihnen dieses Büchlein widmen.

An erster Stelle steht wohl meine Frau Esther, die mit mir durch dick und dünn gegangen ist (oh ja, es gab auch „dünne" Momente). Bis zum heutigen Tag machen wir beide alles gemeinsam - seit über 30 Jahren. Alles wurde geteilt und auch sinnvoll aufgeteilt. Nachdem sie eine begnadete Köchin ist, übernahm sie logischer Weise diesen Part, ich kümmerte mich um die Pferde, Bauen und Papierkram. Es wurde immer nur an einem Strick gezogen. Nochmals Danke, Esther.

Ebenso mitgezogen haben meine Eltern. Vielen Dank, dass ich so viel Freiheit genießen durfte. Den Werbeslogan: „*Just do it*", gab's damals noch nicht, er war aber damals schon gültig. Ich durfte mit 14 bereits nach England, dann Frankreich, der weitsichtige Blick von meinem Vater war grenzenlos. Ich durfte mir die eigenen Hörner abstoßen – da gab es so einiges zum Abstoßen! Mutti kam oft und immer wieder nach Spanien und half mir beim Aufbauen, Dreck wegräumen oder auch mit nützlichen Ideen.

Nicht zu vergessen meine Schwester Erika, sie war Stewardess bei der Lufthansa, damals ein ganz nützlicher Beruf für mich, es gab immer 50%ige Ermäßigungstickets für mich als Bruder.

Und jetzt kommt auch schon der Teddy, mein Tierarzt, den ich auf Korsika kennenlernte und bei dem ich sehr viel gelernt habe. Er hat mich auch telefonisch unterstützt als ich schon mit Pferden auf der Ranch war. „Hallo Teddy, was soll ich machen, die Pferde husten?" Und schon war die Antwort da. Meine Tierarztkosten waren praktisch null, und das war gut so, damals besonders. Medikamente, Spritzen, Verbände, alles bekam ich kistenweise, weil er in Pension ging, brauchte er das Zeug nicht mehr. Danke, mein Freund. Er ist leider schon lange nicht mehr unter uns.

Zu großem Dank verpflichtet bin ich auch meinem Pferdehändler, dem „Pferde-Pepe", wie wir ihn nannten. Er hatte Vertrauen zu mir und stellte mir so viele Pferde zur Verfügung wie ich nur wollte – kostenfrei wie geschildert mit einem sinnvollen

Arrangement. Durch seine beiden Söhne lebt er weiter.

Und da gab es noch einen gewissen Rafael Perez. Er hatte eine Orangenplantage in der Nähe vom Holiday Club und belieferte die Küche. Wir organisierten damals Grillfeste mit leckeren Hähnchen, Koteletts und mucho Sangria. Ich durfte dort eine Kaninchenzucht aufbauen und betreiben. Und als die letzte Rate von meinem Fincakauf fällig war, ich aber leider einen kleinen „Engpass" hatte, griff er einfach in seine Hosentasche, zog 200.000 Pesetas heraus, gab sie mir und sagte: „Wenn du wieder Geld hast, gibst du sie mir wieder zurück." Das war alles. Kein Schuldschein, kein Zettel, nichts. Das Wort vom Wolf genügt. Leider hat ihn der Krebs besiegt. Er war nur um ein Jahr älter als ich...Das Leben vergeht, dieses Büchlein nicht, oder?

Und nochmals Danke an all diejenigen, die mir weitergeholfen haben. Alleine schafft man es nicht.

Danke Mathias, Maurer aus Berlin, der mir mein Holzhaus fertig gebaut hat.

Danke Peter Rausch, Elektroingenieur und Mann für alles, jedes gezogene Kabel hat er schon mal in Händen gehabt.

Danke José, spanischer Baumeister aus Estepona. Ohne ihn würden wir immer noch vor den alten Mauern stehen und fragen: ´Wie soll's weitergehen?`

Danke Señor Victory, Hoteldirektor, der mich zum Chef-Animateur machte, mich in seinen Hotels an der Costa del Sol und Mallorca auftreten ließ, ich so ordentlich Geld für die zukünftige Farm verdiente.

Danke Herrn Holtkamp, Nachbar von gegenüber dem Fluss und Besitzer der Veilchenzucht *Jimenaflor,* bei dem ich meine Stromleitung anzapfen durfte.

Danke Gösta, Sparkassendirektor aus Köln, der mir bei finanziellen Fragen viel geholfen hatte und ich somit freie Bahn hatte zum Bauen und Reiten.

Danke Silvio, Schweizer Hausmechaniker, auch ein Mensch, der alles kann, Automechaniker, Kaffeemaschinenflicker, Rasenmäherreparierer und vieles mehr - ihn hat der Herrgott leider auch schon zu sich gerufen. Hiermit ein herzlicher Gruß an Romy, seine tapfere Frau.

Danke Chris, englischer Nachbar, eigentlich Klempner, ist aber Alleskönner, vor allem Maurer, hat Augen wie eine Wasserwaage, auf den Millimeter genau!

Danke last but not least: Gabriele Hefele, die mich bei diesem Buch kräftig unterstützt hat. Ist ja mein erstes Buch, sie hat schon viele, viele geschrieben, mit einem Wort: ein Profi.

Wolf Zissler,

Rancho los Lobos, Andalusien

Wem dieses Buch gefallen hat, der/die hat sicher auch viel Spaß an dieser „Gebrauchsanweisung für Andalusien":

Mein andalusischer Gärtner. 144 Seiten. 10 Euro
Alhulia-Verlag. ISBN 84-96083-77-2. üb. Amazon.de

Das sind die gesammelten Anekdoten um und über Miguel, den andalusischen Gärtner, mit dem die Autorin über Gott und die Welt, Politik, Gartenparasiten, Emanzipation und Stierkampf diskutiert, urkomische Missverständnisse und viele Informationen über spanische Eigenheiten inbegriffen. Daneben gibt es handfeste Tipps zur subtropischen Fauna und Flora. Ein Muss für alle Spanien-Auswanderer!

„Herrlich komisch"- super beobachtet", so der Tenor der Leserurteile

„Ich habe mich köstlich amüsiert", Konsul G. Hagl in Málaga

„Vielen Dank für Ihre köstlichen Geschichten!" Gesa von DuPrel